이렇게 살다 죽는 게 인생은 아닐 거야

오건호 글 그림

이렇게 살다 죽는 게 인생은 아닐 거야

초판 1쇄 인쇄 | 2024년 7월 25일
발행 1쇄 발행 | 2024년 7월 30일

지은이 | 오건호
펴낸이 | 최성준

책임편집 | 나비　　**교정교열** | 배지은　　**전자책 제작** | 모카　　**종이책 제작** | 갑우문화사
펴낸곳 | 나비소리(nabisori) 출판사　　**주소** | 수원시 팔달구 효원로 249번길 46-15
등록번호 | 제2021-000063호　　**등록일자** | 2021년 12월 20일

나비소리 출판사
생각하는 것을 행동으로 옮기지 않으면 상상이며, 망상에 불과합니다.
이러한 가치관을 가지고 있는 우리는 작가의 마음을 짓는 책을 만듭니다.

상점 | www.nabisori.shop.　　**살롱** | blog.naver.com/nabisorisalon
원고투고 | nabi_sori@daum.net, mysetfree@naver.com

나비소리는 작가분들의 소중한 원고를 기다리고 있습니다.

메이드마인드는 나비소리 출판사의 임프린트 브랜드입니다.
책 값은 뒤표지에 있습니다. 파본은 구입처에서 교환해 드립니다.

ISBN | 979-11-92624-79-2(03810)

✖ nabisori

현실과 이상을 오가며 답을 찾아 보려 떠난

펜 드로잉 여행 에세이

MADE
MIND

차례

이렇게 살다 죽는 게
인생은 아닐 거야

It wouldn't be life to live and die like this.

프롤로그

I.

정신없이 바쁜 어느 날, 업무 하나를 가까스로 마무리하고, 잠시 한숨을 돌리고 있을 때였다. 모니터 앞에 시선을 멍하게 두고 앉아 마우스 휠만 오르락내리락 하던 중 문득 이대로 살 수는 없겠다는 생각이 들었다. 이렇게 살다 죽는 것일까 하는 일종의 허무함 같은 감정이 가슴을 확 움켜쥐었다.

이번이 처음은 아니었다. 1년, 2년 시간이 흐를수록 마음 한 편에 쌓아둔 작은 생각 뭉치들이 눈덩이처럼 불어나더니, 이제는 마음속에 구겨 두기에는 너무 거대해져 종종 예고도 없이 불쑥 튀어나오고는 했다. 즐거운 마음으로 일을 해본 적이 없었던 지난 시간을 되돌아보자 '나는 과연 행복할 수 있을까?' 하는 생각이 들었다. 이대로라면 행복은 나에게서 점점 멀어질 것만 같았다.

물론, 현실을 내려놓는다는 것은 쉽지 않은 일이다.

신입사원 시절부터 10년 가까이 직장을 다니며 생겨 버린 삶의 관성에서 벗어나는 일은 무척이나 어려웠고, 이따금 과연 이렇게 사는 것이 옳은 것인지 고민을 할 때쯤이면 계속해서 밀려오는 파도 같은 현실의 과제에 휩쓸려 그저 아등바등 살아남는 데 바빠지기 일쑤였다.

자연스레 고민의 시간은 잠시 잊혀지거나 뒤로 미뤄졌고, 시간이 지나 또다시 찾아오는, 반복의 연속이었다. 새로운 삶을 위한 용기가 부족한 것일까? 아니면 반복될 삶에 대한 두려움이 부족한 것일까? 직장을 벗어나 새로운 무언가에 도전해보려는 의지는 늘 마음속 바람으로만 끝이 났다. 현실과 이상을 오가며 답을 찾아보려 생각을 거듭하다 보면, 결국 가슴만 답답해져 생각을 포기하게 될 뿐이었다.

II.

하지만 때로는 단순한 계기만으로도 어떤 특별한 결정을 내리기도 한다.

"포르투는 예술가들의 도시래."

어느 날 친구가 던진 한 마디에 무작정 2주일 뒤 떠나는 포르투갈행 비행기 티켓을 끊었다. 그저 예술가들의 도시라는 말이 마음을 끌었다. 얽매이지 않고 마음껏 자유를 향유할 수 있을 것 같은 곳, 직장생활의 답답함을 조금이라도 풀어줄 수 있을 탈출구처럼 느껴졌다.

회사에는 그럭저럭 핑계를 대고 휴가를 냈다. 현실을 내려놓고 잠시 떠나있는 시간이 어쩌면 답을 줄 수도 있을 것이라는 막연한 희망을 품고, 포르투갈로 떠났다.

어떤 사내의 티켓

리스본 공항에 도착했다. 비행기 안에서 본 듯한 얼굴들은 입국심사 대기 줄에서, 그리고 수하물을 찾는 컨테이너 벨트에서 조금씩 줄어들었고 입국 게이트를 통과하자 모두 뿔뿔이 흩어져 완전히 사라졌다.

숙소가 있는 도심으로 이동하기 위해 지하철역으로 걸어갔다. 자동발권기 앞은 먼저 도착한 여행객들로 북적였다. 표를 구하기 위해 대기선에 서자 젊은 사내가 다가와 나에게 티켓을 건네었다.

"오늘 하루 동안 지하철을 무료로 이용할 수 있으니 받으세요."

그의 얼굴을 슬쩍 바라보고서 머뭇거렸다.

여행객들이 붐비는 곳에서 친절하게

다가오는 낯선 사람의 호의는

의심해볼 여지가 있기 때문이었다.

아무렇지도 않게

감사하다고 하며 받을 수도 있었겠지만,

어색한 미소로

"감사하지만 괜찮습니다"라고 말하고는

그냥 지나쳐 버렸다.

여행지에서 호되게 당해본 적이 있었다. 터키에서 형제라 부르며 사진을 찍어달라는 청년에게 카메라를 도둑맞기도 했고, 러시아에서는 비둘기와 함께 기념사진을 찍어주겠다는 말에 응했다가 돈을 요구당하기도 했다. 그렇게 경험으로 체득한 기억은 면역반응처럼 재빨리 방어적인 행동을 불러일으켰고 그 결과, 사내의 티켓을 마주했을 때 거절에 대한 미안함보다는 조건 반사 같은 자연스러움이 앞섰던 것이었다.

개찰구를 지나 걷는데 사내의 티켓이 순수한 호의였을 수도 있겠다는 생각이 뒤늦게 들었다. 돌이켜보면 진심이 담긴 호의도 있었기 때문이었다. 길을 묻자 자신의 차로 데려다주었던 터키의 한 아저씨, 지하철역에서 현금이 없어 쩔쩔매던 내게 대신 표를 끊어줬던 스페인의 백발 할아버지가 문득 떠올랐다.

지나온 통로를 뒤돌아보았지만 그는 이미 사라지고 없었다.

　우리는 낯선 사람의 호의가 어색한 시대에 살고 있는 게 아닐까, 그래서 가끔 우연히 다가오는 진심을 놓치고 있는 것은 아닐까 하는 생각이 들었다. 티켓을 건네던 사내는 이미 떠났지만, 그의 호의가 진실이었길, 그리고 그 호의가 다른 여행객에게 소소한 행운으로 돌아가길 바랐다.

여행의 시작

리스본 도심부로 가는 열차를 기다린다. 공항 지하철역 승강장은 여행의 시작점 같은 곳이다. 여행을 통해 직접 느껴보고 싶은 현지인들의 삶, 그 중심부로 향하는 접점이다. 승강장에 서서 열차를 기다리는 동안 주위를 둘러보자 포르투갈어로 적힌 안내 문구, 전광판, 광고들이 눈에 들어왔다. 여행의 시작을 실감케 하는 순간이었다.

10, 9, 8 ......

전광판은 차츰 줄어드는 숫자와 함께 다음 열차가 오기 까지의 소요 시간을 알려주고 있었다. 카운트다운을 하고 있으니 새해의 시작을 기다리는 것처럼 마음이 설레었다. 마침내 전철이 도착했고, 캐리어와 함께 몸을 실은 뒤 주변을 찬찬히 살펴보았다.

흔들리는 손잡이, 약간의 쾨쾨한 좌석 냄새, 알아들을 수 없는 뒷좌석 아주머니의 통화 소리.

'정말 포르투갈이구나.'

익숙하지 않은 것들에 둘러싸여 있으니 외국에 있다는 사실이 온몸으로 느껴졌다. 소리, 냄새, 빛. 감각을 열고 열차 안의 모든 것을 여과 없이 받아들이며, 리스본이라는 도시에 섞여 들어갈 준비를 했다. 대상의 일부를 받아들인다는 것은 곧 내가 그것의 일부가 되는 것이었다. 리스본의 일부가 되어 리스본과 이곳 사람들의 삶을 이해해 보고 싶었다.

여행은 사람과 사람 사이에 관계를 맺는 일과 다르지 않다. 모든 감각을 통해 낯선 상대를 느끼고 받아들이면서 자연스럽게 그의 일부가 되어가는 것, 그리고 온전히 스며들었을 때 상대를 깊게 이해하게 되는 것, 이 모든 것은 사랑을 시작하는 우리의 모습과 같다.

텅텅, 텅텅, 바퀴와 선로 이음 마디 사이가 부딪히는 소리가 심장소리처럼 울려 퍼진다. 도심을 향하는 전철 안의 모습은 여전히 새롭기만 하다. 온몸에 느껴지는 낯선 감각들이 익숙해질 때쯤, 나는 리스본의 일부가 되어 이곳을 더욱 이해하고 있을 것이다.

리스본의 첫인상

숙소를 찾기 위해 미리 외워 둔 지하철역 이름이 전광판에 나타났다. 천장에서 무심한 목소리가 역 이름을 한 번 읊어주었다. 서울 지하철처럼 다음 역을 알리는 친절한 안내 방송과 흥이 어린 민요 소리는 없었지만, 군더더기 없는 안내 멘트 덕분에 목적지를 쉽게 찾을 수 있었다. 이곳에 이미 며칠 머무른 사람처럼 자연스럽게 인파 속에 섞여 캐리어를 끌고 내렸다.

밤 11시. 처음 딛는 리스본의 골목길은 인적 없이 조용했다. 한 집 건너 한 집마다 설치된 노오란 할로겐 등불만이 텅 빈 골목을 아늑하게 밝히고 있었다.

조금 더 좁은 골목에 들어서자 끝없이 가파른 계단 길과 수많은 그라피티들로 수놓인 벽들이 나타났다. 가로등 아래로 보이는 계단 길 그리고 그라피티. 리스본의 첫인상이었다.

이곳에서 오랫동안 지내온 사람에게 계단 길은 막막해 보이고, 그라피티는 지저분한 낙서로 보일 수도 있을 것이다. 그러나 설렘 가득한 여행자의 눈에는 그림으로 담고 싶을 정도로 운치 있는 풍경이었다. 계단이 많으니 전망이 멋질 것이고, 그라피티가 있어 걸어가는 길이 지루하지 않을 것 같았다. 콩깍지는 사람만을 상대로 씌는 것이 아니었다.

불편함을 매력으로 만드는 마법 같은 힘, 어쩌면 그 신비한 힘에 대한 갈망이 자꾸 우리를 여행으로 이끄는 것이 아닐까 하는 생각이 들었다.

캐리어를 겨우 끌고서 계단 끝에 올라섰다. 어둠 때문인지 초행길인 탓인지 숙소가 멀게만 느껴졌지만, 여행의 시작인 지금 이 순간만큼은 모든 게 좋았다. '드륵드륵드르르……'울퉁불퉁하게 돌이 깔린 거리 위로 캐리어 바퀴 소리가 차에서 내뿜는 연기처럼 조용한 골목 사이사이로 울려 퍼진다.

마치 이곳에 내가 왔음을 알리기나 하듯이.

'반가워, 리스본!'

데자뷰

답답한 사무실에서 한숨을 푸욱 쉬다 잠시 눈을 감고 상상을 해본 적이 있다. 알람 소리 없이 눈 떠진 아침, 살짝 열려 있는 목재 창문, 산들바람에 살랑거리는 흰 커튼, 그리고 바람을 타고 들어오는 새소리. 잠시 현실로부터 도피해 만끽한 상상은 한 번으로 그치지 않았고, 이후에도 나는 이따금 그 장면을 머릿속에 그려 보곤 했다.

리스본에서 맞이하는 첫 아침이었다. 밖에서 새가 지저귀는 소리에 살짝 깨어 눈을 뜨자, 막연하게 그려만 보던 장면이 눈앞에 그대로 펼쳐져 있었다. 완벽한 데자뷰였다. 무의식의 힘이 상상을 현실로 이끈 것일까?

이불을 다시 푹 덮어쓰고 눈을 감은 채, 온몸을 꼼지락거리며 살결에 느껴지는 보드라운 촉감을 즐겨 본다. 포근한 이불 속에서 새의 지저귐과 함께 맞이하는 리스본의 아침은, 사무실에서만 즐기던 상상의 도피가 현실이 되는 순간이었다.

무언가를 간절히 바라면

현실로 이루어진다는 말에

조금씩 믿음이

가기 시작했다.

삶의 여유는 사소한 것에서부터

이른 아침, 비파나(빵 사이에 구운 돼지 뒷다리살을 끼워 만든 포르투갈식 샌드위치)가 유명한 음식점을 찾아갔다. 유리창 너머 철판 위에는 갓 구워낸 고기 조각들이 쌓여 있었고, 모락모락 올라오는 김 사이로 종업원들이 바쁘게 움직이고 있었다. 이른 아침에 길을 걷다 불이 켜진 음식점을 바라보고 있으면 삶의 활기 같은 것이 느껴질 때가 있는데, 이곳에서도 꿈틀대는 무언가가 아지랑이처럼 피어오르고 있었다.

식당 안으로 들어서자 한 평 남짓한 주방 공간이 눈에 들어왔다. 그곳에서는 두 명의 종업원이 요리와 서빙을 하고 있었고, 하얀 증기를 가르며 갓 만든 음식을 접시에 담아 내어주는 모습이 참으로 역동적이었다. 생동감 넘치는 현장의 분위기를 보자 사진으로 담아두고 싶다는 생각이 들었다. 조심스레 스마트폰을 꺼내 들었고, 화면에 두 사람이 들어오기를 기다렸다가 버튼을 누르려 했다.

그 순간이었다. 한 종업원의 눈빛이 나를 향해왔다. 눈이 마주친 나는 적잖게 당황하여 머뭇거렸다. 혹시나 예의에 어긋난 걸까 싶어 스마트폰을 내리려 했는데, 그가 곧 엄지손가락을 높게 치켜세우며 환히 미소를 지었다.

순간 맴돌았던 긴장감이 풀렸고 나도 모르게 웃음이 흘러나왔다. 그리고 그를 따라 엄지손가락을 높이 들어 그의 호의에 화답했다.

포르투갈 사람들은 '괜찮아'라는
표현으로 엄지손가락을 올리거나
한쪽 눈을 깜빡이는 제스처를
취하고는 했다.

발을 밟거나 몸을 부딪치는 실수를
저질렀을 때도 짜증과 비난 대신
미소와 격려의 몸짓으로 답했다.

왠지 모르게 포르투갈 사람들에게서는
삶의 여유 같은 것이 느껴졌는데,
그것은 이런 사소한 움직임에서부터
시작된 것일지도 모른다는 생각이 들었다.

문득 상대방의 실수에 날선 표정이나 행동을 보였던 지난날의 모습이 떠올랐다. 얼마 전 신입사원의 작은 실수에 대뜸 인상을 찌푸렸던 일부터 출퇴근길 정체된 도로 위에서 운전이 미숙한 이에게 짜증을 냈던 일까지, 돌이켜 보면 타인의 실수에 관대하지 못한 적이 많았다. 모든 것이 바쁜 일상 속 여유의 결핍이 낳은 결과라고 변명할 수도 있겠지만, 포르투갈 사람들의 모습을 보며 내게서 나온 태도가 오히려 여유의 결핍을 낳은 것은 아니었을까 하는 생각이 들었다.

비난 대신 엄지손가락 치켜들기와 같은 손동작으로 상대방의 실수를 감싼다면, 사람들이 나의 제스처에 전염되어 비난보다 격려가 자연스러워진다면, 안개처럼 자욱했던 적대감은 사라지고 마음의 여유를 되찾는 세상이 될 수 있지 않을까 하는 상상을 해보게 되었다.

테이블에 앉아 주문한 비파나를 한입 베어 물었다. 양념이 밴 돼지고기의 달고 짭조름한 맛과 부드러운 빵의 식감이 잘 어울렸다. 하루의 첫 끼니가 만족스러워서인지 남은 일정이 잘 풀릴 것만 같은 예감이 들었다.

양손으로 집어 든 비파나 너머로 여전히 쉴 새 없이 움직이고 있는 종업원을 보며 생각했다. 든든하게 배를 채운 뒤, 마음까지 따뜻하게 채워 준 종업원에게 감사의 표시를 전하며 식당을 나서야겠다고.

생선을 발라 주는 남자

　　오후의 햇살이 비스듬히 내리비치는 창가 테이블에 홀로 앉아 한 손으로 턱을 괴고는 아무 생각 없이 식당 한쪽을 멍하니 바라보고 있었다. 테이블 너머에서 라디오 소리가 흘러나와 식당을 가득 메웠다. 포르투갈어라 알아들을 수는 없었지만, 이국적인 소리는 나를 금세 낯선 공간에 섞여들게 만들며 지금의 순간이 마치 일상인 듯한 착각을 불러일으키게 했다. 잠시 후 곱슬기 있는 희끗한 머리의 남성이 메뉴판을 들고 테이블로 걸어왔다.

　　그는 내가 한국사람 인 줄 어떻게 알았는지 어제도 한국에서 온 여행객 한 명이 식사를 하고 갔다며 친근하게 말을 건네었다. 음식점 주인으로 보이는 그 남자는 특유의 미소와 붙임성으로 홀로 테이블에 앉아 주문을 하는 나의 어색한 표정을 누그러뜨려 주었다.

배가 고플수록, 그리고 메뉴가 많을수록 메뉴 선정은 더욱 어려워진다. 그럴 때는 요리사에게 직접 추천을 구하는 것이 가장 시행착오를 줄일 수 있는 방법이다. 그래도 어느 정도 범위를 정해주는 것이 예의인 듯하여 생선요리 중 한 가지를 추천해줄 것을 요청했다. 그는 확신에 찬 모습으로 '바깔라우(대구)'요리를 가리켰고, 나는 그의 제안에 따랐다. 거기에 호기심을 자극하는 그린 와인 한 잔도 함께 주문했다. 그는 최고의 선택이라는 표정으로 엄지를 치켜세우고는 주방을 향해 걸어갔다.

얼마쯤 지났을까, 그가 적당히 그을린 감자와 생선 아래로 맑은 연둣빛의 올리브유가 깔린 포르투갈식 바깔라우 요리를 들고 나타났다. 그러고는 숟가락 2개를 양손에 쥐고서 "이렇게, 이렇게......"라고 말하는 듯 중얼거리며 생선 가시를 바르기 시작했다. 손놀림이 매우 능숙했는데, 부드럽게 곡선을 그리며 움직이는 그 모습이 마치 오케스트라를 지휘하는 지휘자의 손동작 같았다. 생선 요리를 손질하는 저 손으로 얼마나 많은 사람들에게 생선을 발라 주었을까.

그가 그리는 손의 움직임은 바쁘고 형식적인 동작이라기보다는 여유롭고 자애로운 동작에 가까웠다. 그런 그의 모습에서 시간에 쫓겨 겉치레로 하는 행동이 아닌 진심이 깃든 정성이 보였다. 돈을 벌고자 하는 것이 아닌, 조금이라도 더 맛있게 생선을 떠먹여 주려 애쓰는 어머니의 손길 같았다. 생선을 손질하던 손은 어느새 나의 마음을 보듬고 있었다.

유리창을 넘어 온 햇살이 손등을 비추고 팔을 타고 올라가 그의 얼굴을 환하게 밝혔다. 입가와 눈 끝에 터를 잡은 자글자글한 주름은 오랜 세월 동안 수없이 지나간 미소를 기억하는 듯했고, 표정은 애써 웃지 않아도 밝아 보였다.

지나온 인생에 대해 말을 나눠보지 않았지만 나는 그가 어떤 삶을 살아왔을지 대략 알 수 있었다. 굳이 말이나 몸짓으로 표현하지 않아도 행복이 묻어나 보였다.

Grelha
do
Carmo.

사람마다 행복의 이유와 조건은
다를 것이고, 무엇이 그의 표정을
밝게 해 왔는지는 알 수 없다.

하지만 그를 보며
진심과 함께 움직이는
사람에게는 생기가 맴돈다는
사실을 깨달았다.

생기는 곧 행복이자
밝은 표정의 원동력이다.
그의 생기가 빚어낸 수많은
밝은 표정들이 퇴적하여 지금의
인상을 만들어 냈을 것이다.

문득, 곱게 늙어가고 싶다던 주변 사람들의 말이 떠올랐다. '곱게 늙어가는 얼굴'에 정해진 형태가 있는 것은 아니지만, 그것은 분명 이런 얼굴을 두고 하는 말이었을 것이다. 그런 그의 얼굴을 자꾸 쳐다보게 되었고, 그것이 아마도 내가 바라는 중년의 모습이 아닐까 하는 생각이 들었다.

그는 어느새 생선 손질을 모두 끝내고 두 숟가락을 내려놓았다. 그리고 뽀얗게 익은 생선 살을 건네며 먹어 보라 권했다. 도톰한 살코기를 입에 넣고 그린 와인한 모금을 마시니 탄성이 절로 났다. 짭조름하고 달짝지근한 맛이 밴 살점은 바스러지지 않고 적당히 탄력을 유지하면서 으깨어졌고, 그린 와인의 새콤달콤한 맛은 살짝 텁텁해진 입안을 깔끔하게 마무리 지어주었다.

무엇보다도 가장 음식 맛을 맛있게 해준 것은 진심 어린 그의 모습이었다. 덕분에 기분 좋게 먹을 마음의 준비가 되어 있었던 것이다.

"O......, Obrigado."(고맙습니다.)

어설프지만 포르투갈어로 그에게 감사의 인사를 전했다. 그의 친절함이 형식이 아닌 진심으로 느껴진 것처럼 나의 감사함 또한 그에게 진심으로 닿았길 바라면서.

계산을 마치고 문밖을 나서는 길에도 그는 마중을 나왔다. 이내 포르투갈에 오면 반드시 '진지냐(체리로 만든 포르투갈 전통주)'를 마셔봐야 한다는 말을 남기며 환한 미소와 함께 손을 흔들었다. 무엇을 하든 진심을 품어 행동할 때, 그리고 그 마음을 누군가와 나눌 때 우리는 좀 더 행복에 가까워졌다.

오늘 이곳에서 채웠던 행복한 한 끼 식사처럼.

오늘, 당신의 일은 행복한가요?

몇 년 전, 이태원동의 한 육교 위에서 길거리 전시회를 연 적이 있다. 그림을 감상하기 위해, 또는 자신의 작품을 내보이기 위해 갤러리만을 고집하는 사람들의 고정관념을 깨 보고 싶었기 때문이었다. 거리에서 연주하는 젊은이들을 보며 음악뿐만 아니라 그림으로도 버스킹을 할 수 있다는 생각을 떠올렸고, '미술은 일상에서 누구나 쉽게 접할 수 있는 것'이라는 메시지를 사람들에게 알리겠다는 취지로 길거리 전시를 계획하게 되었다.

내심 나의 무모한 시도가 외면받을까 걱정도 되었지만, 사람들은 고맙게도 관심 어린 시선으로 작품들을 바라봐 주었다. 몇몇은 그림에 대해 질문을 하거나 말을 걸어오기도 했다.

환호와 갈채 대신 그림에 집중하는 눈빛으로 화답하는 사람들을 보며, 무딘 마음으로 지나갈 법했던 익숙한 자리에서 색다른 추억을 하나씩 만들어 가기를 바랐다. 그리고 우리가 예술이라 부르는 것들은 결코 일상과 동떨어진 특별함에 있는 것이 아니라 우리 삶의 도처에 있다는 것을 잠시나마 생각해 주기를 바랐다.

그 이후로 누군가가 거리에서 자신의 그림을 펼쳐 두고 있을 때면 관심 있게 다가가 대화를 나누며 작품을 감상하고는 했다. 거리로 나오게 된 계기는 각자 다르겠지만, 그들을 보면 나의 지난 모습이 떠올라 반가움과 함께 격려 받는 느낌이 들었다.

리스본에서도 길거리를 걷다 우연히 길거리 전시를 마주한 적이 있다. 까르무(Carmo) 수녀원 옆 길목에서 산타후스타(Santa Justa) 엘리베이터 전망대로 이어지는 작은 샛길에서였다. 벽면 한쪽과 바닥에 펼쳐진 그림들이 눈길을 끌었고, 그 옆에는 한 여성이 의자에 앉아 펜으로 끄적이고 있었다.

"여기 그림들 모두 직접 그리신 건가요?"

그림을 살펴보던 중 그녀에게 물었다. 대학원에서 산업디자인을 공부하고 있다고 한 그녀는 틈틈이 그림을 그려 길거리에서 전시를 한다고 했다. 그림에는 주

로 리스본의 모습이 그려져 있었는데, 현지 예술가의 시
선으로 바라본 도시의 모습은 어떠한지에 대한 호기심
을 자아냈다. 눈에 익은 곳부터 전혀 알 수 없는 장소
까지, 그림을 감상하는 동안 여행 속에서 또 다른 여행
을 하는 듯한 기분이 들었다.

"그림 그리는 일이 행복하세요?"

다시 그녀에게 물었다. 길거리 전시를 하던 사람들
에게 항상 물었던 질문이다. 사실 어떤 대답이 나올지
알면서도 물었다. 자발적으로 이런 일을 할 정도라면 어

떤 답을 할지 분명했고, 나는 그 대답을 듣는 것이 좋았기 때문이었다.

"그럼요. 좋아하는 일을 주변의 강요 없이 자유롭게 할 수 있다는 것은 정말 행복한 일 아닐까요?"

물음에 답하는 그녀의 표정에서 생동감이 넘쳤다. 그림을 그리는 나의 모습 또한 그러했을 것이다. 그 순간의 기쁨을 알기에 그녀가 어떤 마음으로 대답을 했을지 짐작할 수 있었다. 이번에는 그녀가 되물었다.

"그럼, 당신은 무슨 일을 하세요? 그림을 좋아하시나 봐요?"

그녀의 질문에 회사원이라는 단어 말고는 내가 하는 일을 정확하게 설명할 말이 생각나지 않았다. 심지어 회사원이라는 단어가 영어로 무엇인지 순간적으로 생각이 나지 않아 멈칫거렸다. 그러다 번뜩 한마디가 떠올랐다.

"작가예요. 저도 그림을 그려요."

무턱대고 입 밖으로 꺼낸 대답이었지만 작가라는 단어가 어색하게 느껴지지는 않았다. 그녀는 유대감을 느껐는지 질문을 쏟아내기 시작했다. 무슨 도구로 어떤 그림을 그리는지, 이곳에서도 그림을 그렸는지 등을 물었다. 그리고 앞서 그녀에게 물었던 질문을 내게 다시 되물어 왔다.

"그럼, 당신의 일은 행복한가요?"

이번에는 잠시의 망설임도 없이 고개를 끄덕였다. 본인을 작가라고 소개한 지금 이 시점에서 '나의 일'은 그림을 그리는 것이었다. 좋아하는 일을 자유롭게 하는 것이 행복이라는 그녀의 말을 빌려 보았을 때 '드로잉'이라는 활동은 내게 행복감을 주는 일이었다.

예전에 MBTI 적성 검사를 한 적이 있었다. 두 번 검사를 하였는데, 한 번은 직장에 막 입사한 신입사원 연수 시절이었고, 다른 한 번은 시간이 흘러 그림을 본격적으로 그리기 시작하던 시기였다. 흥미롭게도 두 결과는 서로 다른 사람의 것처럼 나왔다. 앞의 검사 때는 내성적이고 소극적인 유형으로, 뒤의 검사 때는 외향적이고 적극적인 유형으로 나왔다. 어느 한 쪽만으로 나를 정확히 설명할 수는 없었지만, 그림이라는 활동을 통해 나의 에너지가 더욱 왕성하게 발산된다는 것만큼은 확실했다. 그림을 그리는 시간은 세상 속에서 점점 팽창하는 나의 존재감을 느끼며 온전한 나 자신을 찾는 시간이었다.

그림을 그리는 일은 나에게 행복한 것이었다.

대화가 끝나고 발걸음을 옮기려는데 그림 한 점을 그려가고 싶다는 생각이 들었다. 수녀원 건물 벽에서 뻗어 나온 아치형 통로와 그 너머로 보이는 전망대의 풍경이 아름다워 보이기도 했지만, 무엇보다도 이 자리에서 나눈 대화의 시간을 오래도록 기억하고 싶었다.

사람들 모두가 행복할 것이라 믿었던 안정된 직장생활은 지난 10년 동안 그 어떤 무모함이나 용기를 불러일으키지 못했다. 모터가 멈춰 버린 배 위에서 그저 둥둥 떠다니는 느낌만 들 뿐이었다. 그러나 길바닥 한 곳에 앉아 그림을 그리는 이 순간만큼은, 이태원동의 육교 위에서 길거리 전시를 하던 그날만큼은, 마음 깊숙한 곳에서 솟구쳐 올라오는 단단한 용기를 느낄 수 있었다. 앞뒤를 따지지 않고 용기만으로 행동에 나서던 순간, 무의식적으로 나는 어떤 일이 스스로를 행복하게 할 것인지 알고 있었을 것이다.

남들의 시선에 좋아 보이는 일보다는 나를 움직이게 만드는 일, 그것이 나를 행복하게 만드는 일이었다.

나는 길거리 전시에서뿐만 아니라 회사에서도 가끔 동료에게 현재의 일이 본인을 행복하게 하는지 묻는다. 대부분은 "그냥 하는 거지 뭐"라고 대수롭지 않게 말하고 지나가지만 나는 그 말을 믿지 않는다. 어쩌다 보니 태어나 있어 살아가는 것이 인생이라 할지라도 자신이 누구인지, 무엇이 자신을 행복하게 하는지 알아가면서 온전한 나로서의 인생을 살아가고 싶다. 그러기 위해서는 우리가 쥐고 있는 일이 행복한 것인지 늘 물어보아야 할 것이다.

'오늘, 당신의 일은 행복한가요?'

리스본에서 가장 아름다운 골목

고마운 사람에게 직접 그린 그림을 선물할 때 완성하기까지 길게는 며칠이 걸리기도 하지만, 그림으로 누군가에게 따뜻한 마음을 전하는 시간은 곧 내게 주어진 능력이 가장 빛나는 순간이었다.

리스본에도 한 사람의 재능이 빛나는 아름다운 골목이 있었다. 미로 같은 구시가지를 헤매다 우연히 접어든 좁은 골목길이었는데, 처음에는 닳고 닳은 길바닥을 따라 낡은 집들이 촘촘히 들어선 모습이 다른 주택가와 별다른 차이가 없어 보였다. 하지만 몇 걸음 걸어가자 조금 특별한 모습이 들어왔다.

"A tribute"
By Camila Watson

The photographs on these walls are a tribute to the elderly who live here. They walk this beco daily and their spirit makes this corner of mouraria special.

골목길 집집마다 걸려 있는 사진들은 이곳에 살고 계시는 할아버지, 할머니들께 바치는 작품입니다. 그분들은 매일 이 골목길을 걸어 다니시며 따뜻한 마음과 미소로 이곳을 더욱 특별하게 만들어주고 계십니다.

- 카밀라 왓슨 -

손글씨가 빼곡한 안내판이 골목길의 시작을 알리고 있었다. 그리고 그 뒤를 따라 수많은 사진들이 이어졌다. 창밖을 바라보는 노부부, 현관 문턱에 올라선 할머니, 고양이를 품에 안은 할아버지. 나이 지긋한 어르신들을 담은 빛바랜 흑백사진이 문 하나 간격을 두고 벽에 새겨져 있었다.

　낡은 골목과 꼭 닮아 있는 사진 속 모습을 보자 애틋함이 느껴졌는데, 그 느낌은 슬픔보다는 따뜻함에 가까웠다. 아무래도 사진 속에서 웃고 있는 할아버지, 할머니의 정겨운 표정 때문이었을 것이다. 그들의 모습은 마치 골목을 지나가는 이들에게 반갑게 마중 인사라도 하는 것 같았다.

　영국의 한 사진작가가 이웃 주민들의 모습을 담아 그들 각자의 집 앞에 걸어두기 시작한 것이 지금의 모습을 만들었다고 한다. 사진 속의 사람들에게서 따뜻함이 느껴지는 이유는 그들을 바라본 작가의 시선이 따뜻했기 때문일 것이다. 작가는 이방인이었던 자신이 누린 이웃의 온정을 지나가는 사람들에게도 전해 주고 싶었을 것이다. 그리고 자신이 잘할 수 있는 일의 방식으로 감사함 또한 함께 전하고 싶었을 것이다.

날이 저물어 가는 퇴근길에 혼자서 골목길을 허정
허정 걷고 있을 때면 가끔 그 거리가 생각나고는 한다.
여전히 할아버지 할머니의 따뜻한 눈빛과 미소가 빛나
고 있을 리스본의 어느 아름다웠던 골목길.

Masterpiece

'찰 – 칵'

정적을 깨는 휴대폰 동작음에 할머니는 고개를 들어 나를 바라보셨다. 나는 괜한 민망함에 살며시 고개를 내리며 눈짓으로 인사했다. 한 손으로 할아버지의 팔을 잡고 있던 할머니는 다른 한 손을 까딱까딱 움직여 내게 괜찮다는 손동작을 보내셨다.

여행 중 거리에서 마주하면 반드시 사진으로 남겨두는 장면이 있다. 노부부가 손을 잡고 걸어가는 모습이다. 한적한 거리나 공원에서 서로의 손을 꼭 쥐고 걸어가는 두 부부의 모습을 보면 괜스레 마음이 따뜻해지고 뭉클해진다.

영화의 해피엔딩 같은 그 장면이 바로 내가 바라는 먼 훗날의 내 모습이기 때문일까.

리스본의 어느 좁은 골목길에서도 함께 걸어오는 노부부의 모습을 사진에 담았다. 특별한 외출이라도 한 듯 옷과 모자를 함께 맞춰 입고, 주름진 손으로 서로를 꼭 붙잡고 걸어가는 모습이 길거리에서 보이던 어떤 남녀의 모습보다도 아름답게 느껴졌다. 젊은 청춘의 사랑이 뜨겁고 격정적이라면, 그들에게서 느껴지는 사랑은 매우 은은하고도 묵직했다. 나는 그런 사랑이 좋다. 오랜 세월을 함께하며 더욱 단단하고 깊어지는 사랑. 변함없을 그들의 다정한 모습을 보며 영원에 가까운 사랑을 겹쳐보게 된다.

골목 끝에 다다랐을 때, 걸음을 멈추고 뒤돌아 반대편을 바라보았다. 울퉁불퉁한 길 위로 노부부의 뒷모습이 조금씩 멀어져 간다.

그들의 발걸음이
한 발짝 함께 내디딜 때마다
그 모습은 여운으로 남아
거리를 가득 채웠다.

훗날 다시 이 거리를 마주하게 된다면
이날 보았던 노부부의 모습이 다시금
생생하게 떠오르며 나의 마음이 또 한 번
따스하게 채워질 것이다.

멋진 전망과 풍경이 주는 감동이 있지만,
그 순간을 더욱 아름답게
기억하도록 만드는 것은
결국 사람의 모습이었다.

무소식은 희소식이 아니다

　나선형의 철제 계단을 계속해서 오르자 머리 위로 푸른빛이 보이기 시작했다. 전망대 꼭대기에 올라서는 순간 바람이 두 볼을 세차게 스치며 이곳이 하늘과 맞닿아 있음을 알렸다. 허리 높이 정도 되는 낮은 난간은 아무런 안전장치 없이 개방되어 있었고, 가장자리로 다가갈수록 두 다리에는 힘이 꽉 들어갔다.

　난간에 서서 내려다본 도시의 모습은 사방이 탁 트인 덕분인지 뱃머리 끝에서 광활한 바다를 보는 듯 매우 인상적이었다. 언덕 정상에 우뚝 선 상조르즈(São Jorge)성의 깃발이 힘차게 펄럭였고, 그 아래로 햇빛을 머금은 붉은 기와 지붕들이 물결치듯 일렁였다.

　한동안 도시를 둘러보고 있는데 문득 한 사람이 떠올랐다. 5년 전 이맘때쯤 리스본으로 신혼여행을 갈 것이라 소식을 전해 왔던 친구였다. 그는 평소 조용하고 말이 없었지만, 나에게는 먼저 말을 걸어주었고 늘 진솔했다. 그리고 웃는 모습이 따뜻했다. 우리는 대학 시절 동안 꽤 오랜 시간을 함께 붙어 다녔다. 늦은 밤 캠퍼스를 걸으며 취업과 연애에 대한 고민을 나누기도 하고, 시험공부를 하다가 답답할 때는 동전 노래방에서 함께 노래를 부르기도 했다. 그러다 졸업 후, 각자 다른 도시에서 회사 생활을 시작하게 되었고, 그는 멀리 떨어진 곳에서 대학에서 사귀던 후배와 결혼을 하여 가정을 꾸려 나갔다.

그가 결혼을 한 뒤로 우리는 서로 연락이 뜸해졌다. 회사 일이 바쁘기도 했고, 더욱이 친구는 달콤한 신혼 생활을 보내고 있을 것이라 생각했기에 자주 연락하지 않는 게 자연스러운 거라 여겼다.

"잘 지내? 요즘 연락이 통 없네?"

"어, 뭐 잘 지내."

그러던 어느 날, 친구의 생일이 다가와서 안부 메시지를 보냈는데, 짧고도 퉁명스러운 답이 돌아왔다. 예전 같지 않은 반응에 적잖이 당혹스러웠다. 그에게 잘못한 일이 있는지 생각해 보았지만 떠오르지 않았다.

이후에도 같은 대화가 몇 번 반복되었고 나는 내심 서운한 마음이 들어 연락을 그만두게 되었다. 직장과 가정에 쏟는 시간으로 여유가 없었을 그를 머리로는 이해했지만, 마음으로는 쉽게 받아들이기가 어려웠다. 대학 시절 가장 친하게 지내던 친구라는 기억이 더욱 실망감을 자아냈다.

'그래, 무소식이 희소식이다.'

결국 먼저 연락하기에도 자존심이 상하는 것 같아 더 이상 연락을 하지 않았다. 그렇게 우리 사이의 연락은 끊어졌다.

시간이 흘러 친구를 서서히 잊어 가던 어느 날, 고등학교 동창들이 모인 자리에서 우연히 친구의 소식을 접하게 되었다. 동창 중 한 명이 친구 아내의 오빠였는데, 그를 통해 친구의 근황을 듣게 된 것이다.

"두 사람 이혼했어."

안부를 물을 때마다 돌아오던 그의 짧은 답신이 허공에 그려졌다. 그래서 그랬던 것일까? 더욱 충격적인 사실은 이혼의 사유가 친구의 우울증과 폭력성 때문이었다는 것이다. 그 말이 믿어지지 않았다. 늘 따뜻한 표정으로 수줍게 말하던 그에게 무슨 일이 있었던 것일까? 나로서는 알 길이 없었다.

무소식은 희소식이 아니었다. 그는 자신이 마주한 모든 갈등과 번뇌를 내면에 구겨 넣고 소식의 부재로 침묵했다. 그 침묵 앞에서 나는 서운함만 생각했지, 무엇이 그를 침묵하게 하는지 물어볼 시도조차 하지 않았다. 홀로 무거운 짐에 짓눌렸을 그에게는 누군가를 향해 내밀 손조차 없었음을 나는 알지 못했다. 소식의 부재는 존재의 부재로 이어졌고, 연락을 끊어 버렸던 그에게 다시 연락을 할 수도 손을 뻗을 수도 없었다.

그의 소식을 들은 이후로, 잘 알고 지내던 지인의 연락이 뜸해질 때면 실망감을 갖기에 앞서 우선 안부를 물어보게 된다. 어떤 사람은 이를 두고 쓸데없는 오지랖이라고 했다. 그러나 마음을 넓게 두지 못했던 지난날에 대한 부끄러움과 친구에 대한 미안함이 밀려와 결국 침묵에 귀를 기울여 보게 된다.

리스본에서 같은 풍경을 바라보았을 친구는 어떤 생각을 하고 있었을까. 생활이 조금은 나아졌을까. 이제는 전할 수 없게 된 사과의 마음과 안녕의 바람을 공중에 띄워 보냈다. 도시의 모습은 여전히 평온하고, 붉은 지붕들의 끝자락에 펼쳐진 테주강의 물결은 언제나처럼 잔잔하다.

반짝이는 수평선 위로
떠오른 햇빛에 눈이 부시다.

지그시 눈을 감고 있으니
전망대 아래에서 조용한 듯
묵직하게 올라오는 소리가 느껴졌다.

귀를 기울여 보았다.
공사장의 드릴 소리,
오토바이의 엔진 소리,
자동차의 경적 소리.
곳곳에서 나는 소리들이 서로 뒤섞여
바람에 실려 왔고,
소리의 합은 오히려 고요함을
만들어 내고 있었다.

이렇게 살다 죽는 게
인생은 아닐 거야

독재와 아버지

가랑비 내리는 아침, 광장을 찾았다. 비를 피해 바쁘게 걸어가는 몇몇 사람들만 있을 뿐, 인적이 드물었다. 나무들이 가지런하게 주변을 둘러싸고 네모난 돌타일이 반듯하게 깔려있는 모습은 잘 정돈된 정원처럼 근사했지만, 텅 빈 광장은 여전히 쓸쓸해 보였다. 조금씩 굵어져 가는 빗방울이 광장 바닥을 치고 있다.

한때 이곳은 가난한 주민들이 살아가던 주택가였다고 한다. 하지만 1940년대에 들어 독재정권이 길을 내기 위해 주택가를 강제로 철거하자 주민들은 저항도 못하고 살 곳을 빼앗긴 채 쫓겨나야 했단다.

철거 이후 수십 년간 공터로 남아 있었다가 몇 해 전부터 현재 광장의 모습을 갖추기 시작했는데, 리스본 시민들에게 광장은 독재정권의 탄압에 희생된 힘없는 이들의 수난과 아픔이 묻어 있는 곳으로 기억되고 있었다. 독재가 남긴 흔적은 여전히 도시 곳곳에 잔재했고,

나는 이곳 마르팅 모니즈(Martim Moniz) 광장에서 포르투갈에도 독재정치의 시대가 있었음을 알게 되었다.

'독재'라는 단어를 떠올리면 생각나는 한 사람이 있다. 바로 어린 시절 나의 아버지다. 우리 가족에게 있어 아버지의 말씀은 곧 법이었고, 무조건적으로 따라야만 하는 것이었다. 아버지의 생각과 방식에서 벗어나는 행동을 하거나 말대답이라도 하는 날에는 집안이 소란스러워졌는데, 어떤 날에는 아끼던 물건이 박살 나거나 몸에 멍 자국이 남기도 했다. 그런 일이 오랜 세월 반복되면서 내게 아버지는 두려워하고 복종해야 할 대상이 되었다. 그렇게 삶은 시나브로 아버지의 세계에 잠식되었다.

"나는 못나서 그런 것이다. 너는 나를 닮지 말거라."

고함과 깨지는 소리, 그리고 울음소리가 뒤섞여 한바탕 소란이 있던 날, 아버지는 흐느끼는 내게 습관처럼 말씀하셨다. 아버지는 모든 것을 못난 자신의 사랑 때문이라 했고, 나는 세상 모든 아버지의 사랑은 그런 것이라 생각하며 받은 사랑을 삼켜 넘겼다. 그리고 아버지의 말대로 나는 절대 아버지를 닮지 않을 것이라고 다짐했다.

직장을 얻고 고향을 떠나 살게 되면서 아버지와 마주하는 일이 드물어졌다. 매일같이 마음을 졸여야 했던 압박감이 사라졌고 삶은 자유로워졌다. 그동안 나를 덮고 있던 아버지의 그늘은 썰물처럼 빠져나갔고, 잠겼던 뭍을 내어 주듯 나의 세계를 조금씩 돌려주었다. 그렇게 계절이 바뀌고 얼었던 땅이 녹으면서 울먹임의 기억도, 아버지를 보며 굳혔던 다짐도 밤새 짙었던 안개가 사라지듯 옅어져 가는 듯했다. 그러나 몇 번의 딱지가 붙고 떨어졌다고 해서 상처가 완전히 사라지는 것은 아니었다.

흉은 지워지지 않은 채로 이제는 나의 일부가 되어 남아 있었다. 누군가에게 사랑을 주려고 할 때, 아버지의 방식으로 다가서는 나 자신을 발견하게 되었다. 아버지에게서 받아 삼킨 사랑, 그 속을 가르면 간섭과 통제의 말들이 가득 꿈틀거리는 사랑을 나는 누구에게도 줄 수 없었다.

시간이 흘러 비구름은 지나갔지만 여전히 광장에는 사람이 없다. 궂은 날씨 때문만은 아닐 것이다. 수십 년 동안 공터로 남아 있었던 광장 터가 지금도 공허한 마음으로 사람들을 밀쳐 내고 있었던 것일지도 모른다.

누군가에게 내어 줄 수도, 누군가를 받아들일 수도 없는 어떤 광장이 내 마음속에도 있다. 아버지의 독재가 물러난 곳에 덩그러니 남아 있는 빈자리, 그것은 어떠한 것으로도 다시 채워지지 않는 공터 같은 것이었다.

숨을 크게 한번 들이마셨다가 딱딱한 날숨을 뱉었다. 초여름인데도 입김이 난다. 어딘가 낯이 익은 그것은, 그날 담배 연기에 자욱하게 묻어 나오던 아버지의 쓸쓸한 한숨이었다.

성당과 엄마

여행을 떠나게 되면 종종 그 지역의 성당들 중 한 곳을 찾아 들르고는 한다. 비록 가톨릭 신자는 아니지만, 정적이 깔린 기다란 의자에 앉아 눈을 감고 있으면 모든 잡념이 사라지고 마음이 차분해지는 느낌이 든다. 무엇보다도 성당 안에 들어서면 떠오르는 것이 있는데, 그것은 어린 시절에 엄마와 함께한 시간이다.

초등학교에 막 들어갔을 무렵, 엄마의 손을 잡고서 종종 성당을 따라가던 때를 기억한다. 성모 마리아상 앞에서 엄마를 따라 기도 인사를 하던 장면, 영성체 때 엄마의 입안에 있던 둥글고 흰 것이 어떤 맛인지 궁금해하던 모습, 미사 시간의 차분한 분위기가 지겹게만 느껴져 엄마에게 언제 집에 가는지 자꾸만 묻던 순간들. 엄마와의 시간이 묻어 있는 성당에서의 기억은 익숙한 노래 멜로디를 떠올리듯 오랜 시간 머릿속에 남아 있었다. 성당을 보고 있으면 자연스럽게 엄마가 가장 먼저 떠올랐다.

엄마 없이 혼자서 성당을 찾았던 적도 있다. 군대 훈련소에 있던 당시, '종교활동'이라고 해서 기독교, 불교, 천주교 중 하나를 선택해 갈 수 있는 시간이 있었는데, 종교는 없었지만 나는 일말의 고민도 없이 성당을 나갔다. 난생처음 겪어보는 육체적 고달픔과 정신적 고립감에 지쳐 있던 시간 속에서, 엄마와의 기억을 꺼내어 포근함에 잠시 기댈 수 있는 그곳이 나에게는 안식처였다. 의자에 앉아 눈을 감고 있으면 엄마에 대한 그리움과 그간 잘해 드리지 못한 미안함이 뒤섞여 울컥 눈물이 터져 나오기도 했다.

이후로 엄마의 부재를 느끼는 순간에는 늘 성당을 찾았다. 문득 생각이 나고 그립지만 닿을 수 없는 장소에 있을 때, 성당이 내어주는 기억 속에서 엄마를 찾았다. 리스본에서도 나를 성당 안으로 이끈 것은 엄마와 함께했던 어린 시절의 따뜻한 기억과 그 순간에 대한 애틋한 그리움이었을 것이다.

소중한 사람과의 기억을 찾을 수 있는 장소가 있어 다행이다. 더군다나 생각나고 그리운 누군가를 여전히 만날 수 있다는 사실은 더더욱 다행스러운 일이다.

성당 밖으로 나오자 머리 위로 쏟아지는 빛이 눈부시다. 반대편 길로 건너가 성당을 한 번 더 바라본다. 엄마는 사랑한다는 말도 제대로 못하는 무뚝뚝한 아들이 성당을 보며 자신과의 추억을 떠올린다는 사실을 알고 있을까. 엄마에게 전할 그림을 하나 그려 보려고 한다. 이곳을 보다가 엄마 생각이 났다는 말과 함께 그림을 건넬 것이다.

성공의 조건

아직 시차 적응이 덜 됐는지 2시간마다 눈이 떠졌다. 새벽 3시, 5시, 그러다 6시에 다시 깼을 때, 차라리 일찍 나가서 뭐라도 보는 게 낫겠다 싶어 침대에서 벌떡 일어나 외출 준비를 하기 시작했다. 카페에서 에그타르트 두 개와 에스프레소 한 잔으로 아침을 해결한 후, 특별한 목적지를 두지 않은 채로 정처 없이 길거리를 걸어 다니기 시작했다.

서울에서는 좀처럼 자주 접할 수 없는 맑은 공기를 맘껏 들이마실 수 있어 좋았다.

리스본 호시우 광장에는 체리로 빚은 포르투갈 전통주, '진지냐(Ginjinha : 체리로 만든 포르투갈 전통주)'로 유명한 가게가 있는데 지인들에게 기념선물을 챙겨줄 요량으로 그곳에 들렀다.

"저기, 술 한 병만 사주게. 리스본의 멋진 곳들을 소개해 주겠네."

가게 입구 앞에서 허름한 차림의 노인이 나를 부르며 말했다. 이에 아랑곳 않고, 노인을 힐끗 쳐다보았다가 못 본 체 고개를 돌려 안으로 들어갔다. 그런데 어찌된 일인지 매장 안에서 차례를 기다리는 동안 노인의 목소리가 귓가에 맴돌았다. 주변을 둘러보는 척하며 문 밖으로 슬쩍 시선을 돌렸다. 그에게 신경이 쓰였던 것은 얼마 전까지 알고 지냈던 이(李)가 떠올라서였을지도 모른다.

이(李)를 처음 알게 된 것은 몽골 여행을 앞두고 말 타는 법을 배울 때였다. 그는 나에게 '형님'이라 부르며 살갑게 말을 건넸고, 우리는 함께 교습을 받으며 자연스레 친분을 쌓게 되었다. 많은 이들이 관계의 두께를 쌓아가듯이.

서로를 잘 알고 있다고 믿고 있던 어느 날, 우리는 점심을 먹으며 인생의 '성공'에 대해 이야기했다. 돈, 일, 사람과 사람 사이......, 여러 가지의 성공에 대한 말이 오갔고, 서로의 성공한 모습을 상상하며 대화의 분위기는 무르익어 갔다.

그러던 중 마침 그가 좋은 투자처가 있다며 소개를 해왔다. 금전 관계를 잘 믿지 않지만, 그와 쌓아온 관계는 믿어보고 싶었다. 결국 그에게 믿음과 함께 적지 않은 금전을 지불했고, 며칠 후 있었던 몇 번의 추가적인 제안에도 마찬가지로 응했다.

이후 가끔 그의 얼굴에서 불안한 눈빛을 발견할 때가 있었지만 막연한 의심이라 여기며 생각을 뒤로 밀쳐두었다. 설사 나를 속였더라도 믿음으로 그를 올바르게 이끌 수 있을 것이라는 불안한 희망을 의지했다.

하루는 대화의 마지막쯤 그에게 성공의 조건이 무엇인지 물으며 넌지시 말을 던졌다.

"나쁜 짓에는 매번 운이 따라야 하지만, 좋은 일에는 한 번의 운이면 된다더라."

그는 동의한다는 듯이 고개를 끄덕였다.

하지만 끝끝내 이(李)는 자신이 제안한 약속들을 지키지 않았고, 안개가 뿌옇게 낀 어느 저녁녘에 나를 찾아와 자신의 잘못을 시인하며 눈물로 당시 상황의 자초지종을 설명했다. 이어서 마지막이 될 한 번의 믿음과 몇 푼의 지원을 간청했다. 나는 의심에 젖은 불편한 희망과 함께 나의 운을 한 번 더 시험해보기로 했다. 그의 고개를 끄덕이게 했던 성공의 조건을 서로에게 다시금 상기시키며. 그는 내게 실망시키지 않겠다는 말을 수없이 건넸다. 하지만 그것은 그가 남긴 마지막 말이 되었다.

꾸며 낸 거짓으로 운 좋게 상대를 속이고 이득을 취한 것을 그는 성공이라 여겼을 것이다. 그런 그를 좋은 벗으로 일구어 가 보겠다며 한 번의 운을 기대했던 나는 속절없이 다음 인연을 기약해야만 했다. 돈은 아쉽지 않았다. 아니, 아쉽지 않으려 했다. 떠난 것보다는 아직 떠나지 않은 것들을 잡아 두는 일, 즉 사람과 사람 사이를 고집하는 마음이 달아나 버리지 않도록 스스로를 잘 다독이는 데 집중했다.

성공한 인생은

돈이 아니라 사람에 있다는

말을 믿기 때문이었다.

삶의 여정에서

좋은 사람들을 만나

함께 시간을 공유하고,

그들의 인생에서

좋은 사람으로 남아

기억되는 것.

성공은 한 번의 운이면 된다.

입구 밖에서 노인은 여전히 서성이고 있었다. 나는 그런 그가 계속 신경이 쓰였다. 그는 숱한 노력 끝에 다가올 한 번의 운을 기다리고 있는 것일까, 아니면 어딘가에서 다음번 운을 노리고 있을 이(李)처럼 새로운 운을 시험하고 있는 것일까.

지팡이를 짚은 채 허공을 응시하고 있는 그에게 다가가서 물었다.

"술 한 병이면 되나요?"

그는 주름 가득 환한 미소를 지으며 엄지손가락을 치켜세웠다. 한 손에 받아든 길쭉한 유리병에서 빨갛고 투명한 빛이 찰랑거렸다.

세상에 쓸모없는 것은 없다

포르투갈은 에그타르트로 유명하다. 에그타르트가 포르투갈에서 처음 만들어졌기 때문이다. 리스본에 있는 수많은 에그타르트 가게 중에서 가장 맛있는 에그타르트를 맛볼 수 있다는 '파스테이스 드 벨렝(Pasteis de Belem)'을 찾아갔다.

가게 앞에는 이미 많은 사람들이 길게 줄을 지어 서 있었다. 금쪽같은 시간을 길에서 멀뚱히 보내려니 고민이 되었다. 하지만 한참을 걸어온 노력이 아까워 반드시 에그타르트의 맛을 확인하고 가야겠다는 오기가 나를 붙잡았다.

얼마나 기다렸을까, 앞에 서 계시던 할아버지께서 지루하셨는지 뒤돌아 말씀을 건네셨다. 일주일에 한 번은 이곳에 오신다는 할아버지는 에그타르트에 대해 몰랐던 사실을 알려주셨다.

"옛날 수도원에서는 옷을 빳빳하게 하려고 달걀흰 자를 썼었거든. 그러다 보니 노른자만 쓸모없이 잔뜩 남아돌았던 거지. 결국 노른자로 디저트로 만들기 시작했는데, 그게 바로 에그타르트가 된 거야."

많은 이들의 사랑을 받고 있는 에그타르트가 남은 재료를 처리하는 과정에서 탄생한 발명품이었던 것이다. 처치 곤란한 노른자로 만든 먹을거리가 먼 훗날 포르투갈을 대표하는 디저트가 될 거라는 사실을 그 시절 사람들은 알고 있었을까. 쓰임새가 있는 부분을 떼고 남은 것, 흔히 부속물이라 불리는 것들이 늘 불필요한 것만은 아니었다. 오히려 새롭게 재탄생되어 세상의 사랑을 받으며 존재의 이유를 찾기도 했다. 여전히 세상에는 쓸모없다고 여겨지는 많은 것들이 있지만, 모두 저마다의 의미를 가지고 있었다. 세상에 쓸모없는 것은 없었다.

대기 줄이 조금씩 줄어들 때쯤, 한 가지 당황스러운 사실을 알게 되었다. 내가 서 있던 곳은 포장 고객을 위한 줄이었던 것이다. 헛되게 길에서 보낸 시간을 아쉬워하며 가게 안으로 황급히 걸어 들어갔다.

마침내 자리를 잡은 테이블 위로 에그타르트를 담

은 접시가 올라왔다. 노랗고 동그란 것이 보름달 같았다. 오랜 기다림 끝에 집어 든 에그타르트를 한 입 베어 물었다. '파삭'하고 겉이 바스러지자 속에서 부드러운 크림이 흘러나왔다. 달콤한 바닐라 향이 입안에 가득 퍼졌다. 오래전 수녀원에서 달걀의 부속물로 전락할 뻔했다가 이제는 많은 사람들에게 사랑받는 디저트가 된 노른자, 에그타르트의 맛에서 노른자의 회복된 자존심이 느껴졌다.

방금 전, 굳이 기다리지 않아도 되었을 긴 대기 줄에서의 시간이 떠올랐다. 처음에는 시간을 불필요하게 보내었다는 생각에 마음이 불편했지만, 덕분에 에그타르트의 탄생 이야기를 알게 되었고, 부속물에 대해서 새롭게 인식해 볼 수 있는 계기를 얻었다고 생각하니 기분이 한결 가벼워졌다. 그리고 내가 가진 부속물에 대해서도 생각해 보았다. 불필요하다고 생각했던 기억들, 시간의 부속물로 남아 마음 한구석에 쌓아 놓았던 것들.

비록 어떤 기억들은 여전히 처치 곤란으로 남아 있지만 언젠가는 내 삶을 성장시킬 자양분이 될 것이라 기대해 보게 된다. 베어 문 자리에서 흘러나오는 에그타르트 속 크림처럼, 생의 달콤함을 느끼게 해줄 것이라 믿어 본다.

후회를 하지 않는 방법

리스본은 서울에 비해 길의 모양새가 불규칙적이다. 특히 구시가지인 알파마 지구에는 네모반듯한 블록형보다는 Y자형 구조의 길이 많다. 그래서 길을 찾아가는 동안 갈림길이 나올 때마다 올바른 방향을 짐작하는 데 애를 먹는다. 점심을 먹을 무렵, 미리 알아봐둔 '타임아웃 마켓'을 찾아 걸어가는 동안에도 얼마나 자주 선택을 해야 했는지 모른다.

운이 없게도 배터리가 방전이 되어 휴대폰 전원이 꺼져버려, 손에 쥔 리스본 시가지 지도에 의지하여 길을 찾아가야만 했다. 방향을 잡기 위해 테주(Tejo)강의 위치를 기억해두고, 머리 위로 올려다본 해의 위치를 비교했다. 맞는 방법인지 확신은 들지 않았지만 그렇게 어림잡아 길을 찾았다.

갈림길에 서서 고민을 했다. 왼쪽 방향이 맞는 것 같기도 하고, 오른쪽 방향이 맞는 것 같기도 했다. 한쪽

길을 택해 걸어가다 보면 얼마 지나지 않아 다음 갈림 길이 나타났다. 끊임없이 나타나는 기로 앞에서 망설이 다 문득 지나온 시간을 떠올렸다. 늘 선택해야 했던 삶 의 순간들. 운 좋게도 좋은 선택을 할 때도 있었고, 그 렇지 못한 선택을 할 때도 있었다. 타이밍이 잘 맞아떨 어진 적도 있었고, 짧게 갈 수 있었던 길을 길게 돌아간 적도 있었다. 그리고 어떤 선택에는 후회가 따랐다.

'그때로 돌아간다면 더 나은 선택을 했을 텐데'라는 생각이 머릿속을 복잡하게 했다. 생각이 생각의 꼬리를 물며 후회의 덩어리는 더욱 커졌다.

그러다 언젠가부터는 후회를 잘 하지 않게 되었다. 어느 철학 모임에 나가기 시작하면서부터였다. 작은 회 사를 운영하던 40대 남성분이 진행하는 모임이었는데, 그곳에서는 한 철학자의 글을 사람들과 함께 풀이하 고 의견을 나누는 시간을 가졌다.

하루는 어떤 한 구절을 접하였는데, 그 말은 과거 를 바라보는 나의 관점을 완전히 바꾸어 놓았다.

인간의 정신 속에는 절대적이거나 자유로운 의지가 존재하지 않는다. 오히려 정신은 이것 또는 저것을 의욕하도록 어떤 원인에 의해 결정되어 있고, 이 원인은 역시 다른 원인에 의해 결정되어 있으며 이와 같이 무한히 계속된다.

- 스피노자 『에티카(Ethica)』 중 -

어떤 일을 결정한 순간들을 되돌아보면, 언제나 주변 사정과 상황 등을 모두 따져 가장 득이 될 만한 것을 선택했다. 어떠한 선택이든 무의식적으로나 의식적으로나 늘 최선의 것을 택했다. 상자 안에 여러 값을 넣으면 그때마다 특정한 값이 나오는 함수처럼, 직감이든 경험이든 가능한 한 많은 것을 조합하여 최선이라 여기는 답을 추려냈다. 스피노자가 보았듯이 인간의 결정은 자유 의지보다는 어떤 원인에 의해 반응하는 여러 본능의 복합적인 결과에 가까웠다.

이어 프로이트는 삶을 움직이는 것은 이성이 아니라 충동이고 본능이라고 말한다. 그 말에 따르면 사람은 본능적으로 자신에게 가장 이롭다고 생각하는 것을 선택하게 되어 있고, 매 순간의 선택이 만들어 온 결과가 지금의 삶이 되는 것이었다. 그래서 나는 결론적으로 '우리는 주어진 상황에서 늘 최선의 조합을 선택하기 때문에, 이전으로 다시 되돌아가더라도 당시의 모든 정황들을 조합하여 같은 선택을 하게 될 것이다'라는 나름의 정리를 해보게 되었다.

이후 후회하는 일이 많이 줄어들게 되었다. 여전히 실패를 하고, 씁쓸함을 맛보는 날도 있었지만, 그때로 돌아가더라도 같은 선택을 했을 것이라는 생각을 하면 후회의 감정은 어느샌가 사라져 있었다. 이제 누군가가 가장 후회하는 순간이 언제냐고 물어올 때면 나는 잠시의 고민도 없이 '없다'라고 답한다. 앞으로도 삶은 언제나 선택의 연속일 테지만, 매 순간 최선을 택하고 그것에 대해 후회하지 않는 일은 변함없이 이어질 것이라 믿는다.

타임아웃 마켓은 여전히 나타나지 않았다. 어쩌면 엉뚱한 곳에서 헤매고 있는 것이 아닐까 하는 생각도 들었다. 그렇게 몇 번의 갈림길을 지날 때쯤 언덕길이 나왔고, 그 길을 따라 올라가자 눈앞에 나타난 탁 트인 전망이 시선을 압도했다.

비탈을 따라 붉은 지붕의 집들이 빽빽하게 들어서 있었고, 언덕 너머에는 푸른색을 머금은 테주강이 바다만큼이나 넓게 펼쳐져 있었다.

송골송골 땀이 돋아난 이마와 목덜미를 스치는 바람이 매우 시원하다. 가만히 서서 바라보고 있는 풍경이 아름다워 도무지 발걸음이 떨어지지 않는다. 먼 길을 둘러 가느라 제시간에 도착하지 못하더라도, 심지어는 끝내 가려던 곳을 찾지 못하더라도 괜찮다. 지난 갈림길에서 선택하지 못했던 길들 역시 떠올리지 않을 것이다. 지금 이 순간에도 나는 최선을 선택하고 있는 중이니까.

나는 소심인(小心人)이다

음식점 입구부터 사람들이 줄을 서 있다. 계산대 앞 직원은 주문을 받느라 분주하다. 점심때가 훨씬 지난 시간에도 사람들이 붐비는 것으로 보아 대단한 맛집임이 틀림없다. 오랜 기다림 끝에 게 튀김과 새우볶음밥을 주문하고서 겨우 빈자리를 찾아 앉았다.

진동 벨이 울렸다. 음식을 받으러 갔더니 볶음밥만 나와 있다. 잠시 머뭇거리자 직원이 진동 벨을 건네받고서는 앞에 보이는 생굴 요리도 내 것이라고 손짓으로 알려주었다. 주문하지 않은 음식이라 고개를 갸우뚱하며 주머니에 구겨 넣은 영수증을 펼쳐보았다. 'Ostra'라고 적혀있는 것으로 보아 확실히 게는 아니었다.

아무래도 계산대의 직원이 주문을 잘못 받은 듯했다. "생굴의 비린 맛을 싫어하기 때문에, 절대 생굴을 주문할 리가 없어!"라고 말하고 싶었지만, 내가 주문 확인을 제대로 하지 않은 것이었기에 막상 따질 용기가 나질 않았다. 게다가 수많은 이들로 북적이는 이런 상황 속에서 직원과 잘잘못을 따질 자신이 없었다. 결국 아무 일 없다는 듯이 고개를 끄덕이고서는 앞에 놓인 접시를 그대로 받아 자리로 왔다.

그렇다. 나는 소심하다. 누군가의 실수나 잘못으로 인해 의도하지 않은 결과에 손해를 보더라도 상대의 잘잘못을 캐묻지 않는다. 괜히 유별난 사람으로 보일 것 같기도 하고, 일단 갈등의 상황에 놓이는 것 자체가 불편하기 때문이다. 소란스러운 상황을 만들고, 얼굴을 붉히는 것보다는 '좋게 좋게' 넘어가는 것을 선호한다. 그래서 손해를 보더라도 그럴 만한 이유를 가져다 붙여 혼자 속으로 삭이고 만다.

그 자리에서도 사람들에게 '진상' 손님으로 보이기 싫었다. 게 튀김 대신 생굴이 담긴 접시를 받아드는 순간, 불평보다는 '그래, 굴이 몸에 좋다고 하니 먹어 보자'라는 생각을 우선 떠올렸다.

얇게 썰어진 레몬을 꾹 쥐어짜서 두어 방울을 굴 위에 떨어뜨렸다. 새콤한 냄새에 귀밑이 시큰하다. '그래, 로마 황제도 즐겨 먹었을 만큼 귀한 고급 음식이야'라고 속으로 몇 번 되뇌다가 눈을 꾹 감고 굴 한 점을 집어삼켰다. 촉촉하고 미끈한 덩어리를 씹는 순간 눈이 휘둥그레졌다. 비린 줄로만 알았던 생굴에서 시원 담백한 맛이 나는 것이었다.

지금껏 경험하지 못한 신선한 생굴의 맛에 감탄하며 다시 한 점을 집었다. 그리고 생각했다. 이것은 생굴을 입에 대지 않는 나의 편견을 깨주고 싶었던 직원의 의도였을 것이라고.

하마터면 리스본의 신선한 생굴을 맛보지 못할 뻔했다. 세상에 이렇게 맛있는 생굴이 있는지 알지도 못한 채, 평생 굴은 비린 것이라 피하며 살았을지도 모르겠다. 불만스러운 상황에 덤비지 않고 조용히 받아들이는 소극적인 태도가 늘 손해만 가져오는 것은 아니었다. 게 튀김 대신 받아온 생굴처럼 가끔 뜻밖의 행운이 찾아올 때도 있었다. 어느덧 모두 비워진 굴 껍데기를 보며 생각했다. 소심한 사람으로 살아가는 것이 그리 슬프거나 나쁜 일은 아니라는 것을.

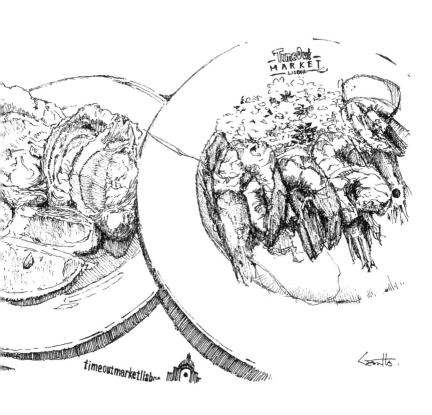

timeoutmarketlisbo

나는 왜 너의 슬픔을 위로하는가

한동안 계속될 것 같았던 낮의 여운은 빠른 속도로 어둠에 덮여 사라지고, 가로등에 하나둘씩 불이 들어오며 골목길을 밝히기 시작했다. 특별한 계획은 없었지만 이대로 하루를 끝내기는 아쉬운 마음이 들었다. 정처 없이 거리를 걸어 다니다 어느 좁은 내리막 계단 길에 들어서자 주황빛 가득 시끌벅적한 소리가 새어 나오는 건물이 보였다.

마치 「알리바바와 40인의 도적들」에서 나오는 금은보화로 가득한 동굴을 보는 듯했다. 입구 위에는 'Duque Brewpub'이라 적힌 간판이 걸려 있었다.

'그래, 맥주나 한잔하고 가자.'

펍 안은 이미 손님들로 가득 차 있었다. 다행히 벽한 쪽에 자리가 비어 있어 주문한 맥주잔을 얼른 받아 들고서 그곳으로 걸어갔다. 쫓기듯 앉은 자리에서 맥주한 모금을 삼키자 그제야 주변 모습이 눈에 들어오기

시작했다. 평일 저녁인데도 많은 사람들이 모여 있었다. 그러다 반대편 벽 구석으로 시선을 돌렸는데, 어딘가 눈에 익은 얼굴이 보였다.

"아, 저기 혹시......"

"어머, 안녕하세요. 이렇게 또 뵙게 되니 너무 신기하네요."

전날 카르무 수녀원 앞 광장에서 그림을 그리던 중인 내게 말을 걸어왔던 한국인 여행객이었다. 자신이 머무는 숙소 주인으로부터 근처에 리스본에서 유명한 수제 맥줏집이 있다고 들어서 찾아왔다고 했다. 지난번, 그림에 대해서만 잠깐 이야기를 주고받았던 우리는 서로의 잔을 부딪으며 미처 풀지 못했던 대화를 조금씩 이어갔다. 어디에 다녀왔는지, 어떤 음식을 먹어 보았는지, 여행자들 사이에서 나눌 법한 질문과 대답을 주고받았다. 그러다 포르투갈로 여행을 오게 된 계기를 물어보게 되었다. 그러자 갑자기 그녀의 표정이 살짝 흔들리며 애써 감정을 가리려는 듯 어색한 미소가 흘러나왔다.

"이전 남자 친구와 여행을 오기로 했었거든요. 결혼을 앞두고 크게 다툰 후 결국 헤어졌는데 예약을 취소하기도 그래서 혼자 와버렸어요."

그녀는 덤덤한 목소리로 헤어짐을 말했다. 잠시 침묵이 찾아왔고 아래로 시선을 두고서 입술을 꾹 깨물고 있는 그녀에게 나는 더 이상 묻지 않았다.

어떤 말이라도 해야 할 것 같았지만, "그래요, 괜찮아질 거예요.", "앞으로는 좋은 사람 만날 거예요.", "다 잘 될 거예요." 등의 어설픈 문장으로 대화를 매듭짓고 싶지는 않았다. 내게는 그런 말이 위로가 되지 않은 적이 많았기 때문이다. 대신 지금까지 그녀가 겪었을 복잡한 상황 그리고 슬픔을 이해해 보려 했다. 이해를 통해 동감이 생겨나고, 감정을 공유하는 것이 상대방에게 가장 큰 위로가 된다고 나는 믿었다.

괜찮아질 것이라는 말 대신 어떤 일이 있었던 것인지 조심스럽게 물어보았다. 그리고 그녀가 꺼낸 이야기를 묵묵히 들었다. 비록 8년을 함께한 연인과의 결별이 얼마나 큰 아픔이었을지 나는 알 수 없었지만, 마음 한구석에 쌓인 나의 옛 감정들을 그녀의 감정에다 덧대어 그녀가 겪었을 상실감, 허탈감, 외로움을 가늠해보았다. 이어서 그런 감정들이 묻어 있는 지난 이야기를 그녀의 앞에서 진솔하게 털어놓았다. 우리의 목소리는 점점 높아졌고, 맥주잔은 금세 투명한 바닥을 보였다.

두 번째 맥주잔이 거의 비워질 때쯤 우리는 자리에서 일어섰다. 입구 앞에 서서 서로에게 작별 인사를 건네는 동안 그녀는 오늘 대화로 많은 위로를 받았다며 연신 감사하다는 말을 했다. 특별히 말을 많이 한 것도 아니어서 머쓱하기도 했지만, 한편으로는 마음이 한결 가벼워졌다. 그리고 어두컴컴한 골목길 계단을 걸어가며 생각했다. 잠깐 스쳐 지나갈 사람의 슬픔을 굳이 위로하려고 애쓴 이유가 무엇인지.

타인을 위로하는 마음 깊숙한 곳에는 자신이 가진 슬픔을 위로하려는 무의식이 자리 잡고 있다고 생각한다. 누군가의 슬픈 소식을 듣고 있으면 내 안의 슬픔들이 늘 떠오르는데, 그런 슬픔들을 통해 상대방의 마음을 헤아리다 보면 자연스럽게 위로하려는 마음이 생기고는 했기 때문이다. 내가 위로하고자 하는 대상이 무엇인지 조금 더 깊이 들여다보면, 그곳엔 언제나 상대방에게 투영된 나의 슬픔이 있었다. 그렇다. 조금 전 나는 그녀를 위로하면서 내 마음 한구석에 밀쳐둔 슬픔을 위로하고 싶었던 것일지도 모른다. 타인의 슬픔을 향한 위로는 동시에 자신의 슬픔을 향하고 있었다.

돌이켜 보면 다른 사람들로부터 내 슬픔을 위로받기보다는 누군가를 위로한 순간이 많았다. 내 슬픔을 털어놓아 봤자 해결되지 않는다는 생각 탓인지, 기대지 못하는 성격 탓인지는 모르겠으나, 그간 혼자서 고스란히 감당해야 했던 슬픔들을 이런 방식으로 위로하고 있었나 싶다.

어쩌면 연민은 타인이 아닌 자기 자신을 가엾게 여기는 마음에서 시작하는 것이 아닐까.

조금씩 비가 내린다. 지나가는 이는 없고 텅 빈 골목만이 축축하게 젖어간다. 고개를 돌려 잠깐 뒤를 바라보니 펍 입구는 여전히 밝게 빛나고 있었다. 골목길의 차가운 공기에 닿은 빛이 모락모락 퍼져 나오듯 어둠을 밝힌다. 어루만진 그녀의 슬픔, 어쩌면 나의 슬픔이기도 했을 그것을 저 빛 속에 묻어 두고서 뒤돌아선다.

낭만에 대하여

    숙소로 돌아가는 동안 여전히 가랑비가 내렸다. 내리막길을 따라 건물 벽의 조명들이 인적 없는 골목을 비추고, 조금씩 젖어가는 바닥 위로 빛은 점점 미끄러졌다. 계단 길의 끝에 다다랐을 때쯤, 아래에서 기타 연주와 함께 노랫소리가 들려왔다.

모두들 비를 피해 달려가네, 그렇게 떠나가네
내 노래 들을 이 하나 없네
하지만 비 오는 이곳에 홀로 앉아 난 노래를 불러
오, 그래서 더욱 낭만적인 오늘 밤

    한 노인이 계단에 앉아 기타를 치며 노래를 부르고 있었다. 궂은 날씨에 외롭게 연주를 하는 모습을 외면하고 지나칠 수가 없었다. 앞으로 다가가 함께 비를 맞으며 그가 연주하는 모습을 바라보았다.

그는 흩뿌려대는 비에 아랑곳하지 않고, 지그시 눈을 감고서 연주를 했다. 비록 그 모습은 고독했지만, 목소리와 기타의 선율이 만들어내는 분위기 때문인지 그의 표정이 슬퍼 보이지는 않았다. 오히려 조용한 밤거리에 노랫소리가 은은하게 울려 퍼지며 한 가닥의 낭만이 피어나는 듯했다. 그가 불렀던 가사의 한 구절처럼.

　그의 연주는 고독은 피하는 것이 아니라 받아들이는 것이라고, 온전히 고독을 받아들이는 순간에 낭만이 피어나는 것이라 말하는 것 같았다. 생각해 보면, 외로움에 사람들을 만나 허한 마음을 채우려 했던 날의 끝은 허전했던 반면, 홀로 여행을 떠나거나 혼자만의 시간을 보낼 때는 허전함이 채워지는 순간이 많았다. 낯선 길을 걷고, 그림을 그리고, 카페에서 커피를 마시며 책을 읽고, 고독을 고스란히 받아들인 시간 속에서 좋아하는 것을 찾아 그것에 몰입하다 보면, 그 순간이 아름답게 느껴질 때가 있었다. 그것이 낭만일지도 모른다는 생각이 들었다.

나를 노인 앞에 멈춰 서게 한 것은 고독에 대한 연민이었지만, 어루만져 주려던 그의 고독에게서 나는 오히려 위로를 받고 있었다.

"Obrigado."(고맙습니다.)

연주가 끝이 나고 차분한 목소리로 노인이 인사했다. 나는 손에 움켜쥐고 있던 2유로짜리 동전을 기타 케이스 안에 살며시 올려두며 대답했다.

"낭만을 들려주셔서 감사합니다."

빗방울이 굵어져 다시 숙소로 발걸음을 돌렸다. 골목길을 빠져나올 때쯤, 여전히 자리에 앉아 연주를 하는 그를 어깨너머로 바라보았다. 열정적으로 길거리 연주를 하는 젊은이의 모습이 활활 불타오르는 장작 같다면, 빗속에서 꿋꿋이 연주하는 노인의 모습은 은은하게 열기를 품은 숯 조각 같았다.

그런 그를 보면서 나의 노년은 낭만과 함께 늙어가는 삶이 되었으면 좋겠다는 생각을 해보게 되었다.

우리에게 여행이 필요한 이유

포르투 캄파냐역으로 향하는 열차에 올라탄 지 한 시간 정도가 지났다. 객실 통로를 뛰어다니던 아이는 어느새 엄마의 품에 안겨 곤히 잠들어 있고, 열차 안에는 정적만이 흐른다. 햇빛이 일렁이는 넓은 들판에는 여름의 기운을 품은 풀과 나무들이 바람에 살랑거리며 푸른빛을 뿜어댄다. 한낮의 모습은 마냥 화창하고 한가롭기만 하다.

마음먹은 대로 이루어지는 건 없고 시간만 흘러가던 평소와는 달리, 포르투갈에서의 시간은 고민 하나 없이 평온했다. 회사에서 겨우 버티다시피 일을 해내던 나와 달리 인정받고 있는 동기들의 모습을 볼 때, 결혼은 차치하고 연애 소식도 없는 나의 일상과 다르게 가정을 꾸리기 시작하는 주변 친구들의 근황을 들을 때마다 쌓이던 불안함이 더 이상 나를 쫓아오지 않았다. 맞는 길인지 확신도 없고 그렇다고 쉽사리 놓지도 못하는 상황에서 늘 고민만 해 왔지만, 이곳에서는 모든 게

까마득해져 있었다. 상황이 변한 것도 아닌데 무엇이 불안한 고민들을 잊게 한 것일까. 유리창 너머 흘러가는 바깥 풍경을 물끄러미 쳐다보다 생각에 빠져들었다.

일상 속에서 가끔씩 내가 지금 어떻게 살고 있는지 가늠해 볼 때가 있다. 대개 주변 관계를 바라보며 비교할 때가 많은데, 누군가의 취업 소식을 들으며, 결혼 소식을 들으며, 승진 소식을 들으며 나의 위치는 어디인지, 제대로 길을 걷고 있는 것인지 생각해 보게 된다.

삶은 늘 관계에 엮여 있고, 관계에 엮여 살아가다 보면 '보편적'이라 여기는 사회의 프레임에 자신을 끼워 맞춰 보는 순간이 찾아온다. 그리고 사람들이 살아가는 흐름에 뒤처지거나 역류하는 것은 아닐지 자연스레 비교를 해보게 된다. 특히 삶이 평범할수록 프레임의 수는 더욱 많아지는데, 그만큼 비교에 의한 불안감과 흔들림도 점점 커진다.

그동안 일상에서의 나는 수많은 프레임을 걸친 채 살아왔다. 주변 사람들이 하는 것은 나도 당연히 해야 하는 것이라 받아들였고, '누구만큼은', '누구보다는' 이란 생각으로 사회가 만든 프레임에 열심히 나 자신을 끼워 맞추려 해 왔다. 사람들의 삶에는 각자의 속도와 방향이 있을 텐데, 나 자신의 것들을 외면했다. 마음속에서 불안함이 자라난 것은 당연한 결과였다.

반면, 여행에서만큼은 온갖 관계와 프레임들로부터 벗어나 온전한 나로 지낼 수가 있었다. 나 자신에게만 집중하는 시간은 고민뿐만 아니라 무슨 고민을 했는지에 대한 기억조차 잊게 만들었다. 아는 사람 하나 없는 타지에서 홀로 보내는 시간이 직접적인 해결책을 찾아주는 것은 아니었지만, 흔들리던 마음을 똑바로 서게 해준 것만은 분명했다. 뿌옇고 희미하던 마음 상태가 선명하고 또렷해졌다.

여행은 관계의 거미줄에서 벗어나 오롯이 자신에게 귀를 기울이고 독립적인 자아로서 세상을 경험할 수 있게 해준다. 나는 어떤 사람이고, 어떤 것을 좋아하는지, 여행은 본연의 자신을 경험하게 하고 자신의 본모습을 더욱 알아가게 할 시간을 내어준다. 그리고 이를 통해 우리는 자신의 본질적인 면을 발견하고 스스로를 믿어가는 과정을 통해 중심을 단단하게 잡아줄 무게를 키워나가게 된다.

우리가 살아가는 일상엔 늘
'관계'가 존재하기 마련이다.
따라서 비교로부터,
불안함과 흔들림으로부터
완전히 자유로울 수 없다.

하지만 평소에 자신의 진짜 모습을
찾아가고 자신의 중심점에
무게 추를 더하다 보면 흔들리는 상황에서도
재빠르게 중심을 잡고
멈춰 설 수 있을 것이다.

마치 오뚝이가 주변의 힘에 흔들렸다가
무게중심을 잡고
제자리로 돌아오는 것처럼.

여전히 나는 여행을 통해 고민과 걱정은 피할 수 있는 것이 아니라, 그것을 인정하고 빠르게 극복해야 하는 것임을 조금씩 깨달아가고 있다. 나를 옥죄는 프레임보다는 나를 모르는 몽매함이 나 자신을 불안함에 빠뜨려 허우적거리게 한다는 것을 말이다.

기차 바닥에서 올라오는 바퀴 소리의 박자가 조금씩 느려진다. 푸릇한 자연의 빛은 어느덧 사람이 만들어 놓은 무채색으로 점차 바뀌었다. 몇 분 후면 포르투 깜빠냐역에 도착한다. 포르투에서 머무는 시간 동안에도 나의 눈으로 나 자신과 세상을 바라보면서 스스로를 잡아줄 중심의 무게를 쌓아갈 것이다.

꽃을 말리는 일, 누군가를 기억하는 일

광장에 앉아 한쪽을 바라보니 연보랏빛 꽃들이 바람에 일렁이고 있다. 은은한 꽃향기가 바람을 타고 부드럽게 흩날린다. 지난 전시회에 친한 지인이 찾아와 조용히 놓고 간 라벤더 꽃다발이 떠올랐다. 평소 꽃을 받으면 일일이 말린다는 걸 말한 적이 있는데 그것을 기억했는지 마른 라벤더 꽃을 가져다주었다. 그의 섬세한 마음이 고마웠다.

내 방 곳곳에는 말린 꽃들이 산재해 있다. 책상 위에는 하얀 작약이, 서랍장 위에는 노란 프리지아가, 선반 위에는 여러 종류의 장미들이 꽃병에 모여 흙빛으로 함께 바래져 가고 있다. 어떤 꽃들은 꽂아둘 병이 없어 몇 달째 방 한쪽에 거꾸로 매달려 있는 중이다.

종종 전시회를 열던 날에 나는 꽃을 받아왔다. 축하의 의미로 꽃다발을 건네주는 지인들이 고맙긴 했지만, 꽃을 받는 것이 내심 내키지가 않았다.

첫째는 시들어가는 생명을 바라보는 것이 마음 아팠기 때문이고, 둘째는 시든 꽃을 쓰레기통에 구겨 넣을 때 찾아오는 미안함 때문이었다. 품에 안아온 꽃다발을 집에 며칠을 두었다 버려야 할 때는 마치 연인과 헤어지는 듯한 슬픔이 밀려왔다.

그러던 어느 날 어릴 적에 이모의 방에서 보았던 빨간 장미가 문득 떠올랐다. 장미는 벽 거울 위에 거꾸로 매달려 있었고 잎에는 여전히 붉은 빛이 돌고 있었다. 왜 저리 두는 것인지 이모에게 물었더니, 꽃을 거꾸로 걸어두면 모습이 그대로 유지된 채 마른다는 대답이 돌아왔다. 이모의 말이 생각난 순간부터 꽃을 받아 오는 날이면 늘 방 한쪽에 꽃들을 거꾸로 매달아 놓았다. 꽃이 시드는 모습을 보지 않아도 되어서 좋았다. 그때부터는 꽃을 받아도 마음이 불편하지 않았고, 받은 꽃을 말려 보관하는 것이 어느새 습관으로 남게 되었다.

하루는 이런 습관을 친구에게 말하자 내가 쓸데없이 부지런하다며, 꽃을 받는 순간에 좋으면 되지 않느냐고 말했다. 꽃 선물은 상대방의 기분을 좋게 해주고 싶은 마음이 그 시작점이라는 걸 감안했을 때 틀린 말은 아니었다. 그럼에도 불구하고 나는 여전히 꽃을 말려

야만 마음이 편했다. 꽃을 말리며 생각해 본 적이 있다. 귀찮음을 마다하고 계속해서 꽃을 말리는 이유가 무엇인지, 시듦에 대한 안타까움과 버림에 대한 미안함이 느껴지는 마음 깊숙한 곳에 무엇이 있는지 들여다보았다.

꽃을 말린다는 것은 누군가의 마음을 기억하는 일이다. 누군가 나를 생각하며 꽃을 고르던 시간, 나의 미소를 떠올리며 꽃을 들고 걸어왔을 마음을 오래 간직하고 싶은 소박한 바람 같은 것이다. 그래서 시든 꽃을 쓰레기통에 구겨 넣어야 할 때는 꽃에 담긴 상대방의 마음과 나의 감사함까지도 시들어 버려지는 듯한 마음이 든다. 꽃에는 알록달록한 빛의 생기뿐만 아니라 사람의 따뜻함이 머물러 있으니까.

꽃을 전해준 많은 이들을 오랜 시간 만나지 못했다. 몇몇은 연락마저 닿지 않는다. 사람 사이의 관계가 금세 시들어 버리는 꽃만큼이나 유약할 수 있다는 것을 알지만, 그럴수록 나는 더더욱 받은 꽃을 버리지 못한다. 사람이 사람을 생각하는 마음만큼은 늘 변함없이 소중하고 아름다운 것이라 믿기에, 다시 오지 못할 곳에서의 순간을 간직하기 위해 그림을 그리는 것처럼, 사람들의 마음을 기억하기 위해 여전히 나는 꽃을 말린다.

PRAÇA DO
INFANTE
D. HENRIQUE

좋아하는 것을 찾는 방법

동 루이스(Dom Luis) 다리 옆의 제방에 앉아 종이와 펜을 꺼내 들어본다. 햇살이 떨어진 잔잔한 강물은 은빛으로 반짝이고, 고요한 강둑 위로 바람이 건너와 귓불을 간질인다. 이내 고개를 들자 에펠탑을 뉘어 놓은 듯한 철교와 나무처럼 자라나 언덕을 메우고 있는 건너편 건물들에 시선이 닿는다. 촉촉하게 잉크를 머금은 펜촉이 종이에 닿고, 점 하나 찍은 자리에서 선을 주-욱 긋기 시작하면, 6년 전 처음 그림을 그리던 날의 장면이 떠오른다.

유유히 흐르는 피렌체의 아르노강, 햇살이 온통 노란빛으로 칠해 놓은 강둑 풍경은 더할 나위 없이 평온했다. 쫓기듯 살아가던 서울의 생활에서 벗어나 아무 생각 없이 느릿하게 걷는 시간이 좋았다. 그렇게 강을 따라 걷던 중, 난간에서 연신 셔터를 눌러 대는 사람들을 마주했는데, 카메라가 가리키는 곳에는 조금 특이한 다리가 있었다. 베키오 다리(Ponte Vecchio)였다.

세 개의 아치를 그리는 아담한 돌다리 위로 기다란 건물이 포개어져 있는 모습이 눈길을 끌기도 했지만, 무엇보다도 노란 건물 위로 떨어지는 따스한 빛과 강물 위로 감도는 정적이 빚어내는 고즈넉한 분위기가 인상적이었다.

문득 일상으로부터의 해방감에 더해 느닷없이 찾아온 지금의 분위기를 가만히 지나치고 싶지 않다는 생각이 들었다. 현장의 모습과 그곳을 보며 마주한 감정을 그대로 붙잡아 채취하듯 담아 가고 싶었다. 무심코 가방에서 펜과 수첩을 꺼내 눈앞의 모습을 그려 보기 시작했고, 그것은 여행 드로잉의 시작이 되었다.

피렌체에서 우연히 펜을 잡은 후부터, 새로운 여행지를 다녀올 때마다 간단한 메모처럼 그림을 남겨 오곤 했다. 나중에는 몇 시간 동안이나 그림을 그리며 현장의 모습을 담기도 했고, 어떤 때는 온전히 그림을 그리기 위한 목적으로 여행을 떠나기도 했다. 가방 속에 펜과 종이를 늘 챙겨 다녔고, 그림으로 가득 채운 노트가 책장 위에 한두 권씩 쌓이기 시작했다. 아무 계획 없이 시작했던 그림이 단순한 끄적임을 넘어 어느새 '좋아하는 것'이 되어 있었다.

조그만 식물이 심긴 화분을 받은 적이 있다.

베고니아라 했다.

그날 나는 햇빛이 들어오는 복도 끝 창가에 화분을 두고서

매주 물을 주기 시작했다.

어느덧 겨울이 지났고 봄이 올 무렵 푸른 잎 사이로

꽃대가 올라와 하얗게 꽃이 피어났다.

처음에는 그저 시들지 않았으면 하는 마음에

시작한 일이었다. 그러나 모르는 사이에

조금씩 나는 꽃을 바라보는 일을,

물을 주고 돌보는 일을 좋아하게 되었다.

좋아하는 것을 찾아내겠다며 오랜 시간 이곳저곳을 더듬거렸던 적이 있었다. 남들이 한다는 것들은 모두 모아두고 뒤적였다. 하지만 어딘가 특별한 곳에 숨어 있을 거라 여겼던, 그러나 아무리 찾으려 해도 손에 잡히지 않았던 그것은 애써 찾지 않은 곳에서 찾아왔다.

베키오 다리 앞에서 처음 펜그림을 그리던 순간처럼, 좋아하는 것은 우연한 시간과 장소, 사소한 동기에서부터 시작됐다. 별것이 아닌 듯 시작한 일이더라도 꾸준히 마주하면서 시간이 빚어내는 변화를 경험할 때, 그것은 조금씩 '좋아하는 것'이 되어 다가왔다. 결국 좋아하는 것은 찾는다고 오지 않고, 스스로 찾아오도록 해야 하는 것이었다.

누군가 인생이란 자신이 좋아하는 것으로 채워 가는 과정이라 했다. 해야만 하는 것들로 꾹꾹 눌러 담아온 것이 지난 시간이라면, 이제는 그림의 발견이 알려준 방식으로 남은 삶의 부분을 채워 가고 싶다. 강물은 조금씩 붉게 변하고, 펜이 지나간 자리는 눈앞의 풍경을 닮아가고 있다. 남은 오후는 오롯이 도우루강 너머 풍경을 그리며 보내보려 한다.

하위 30% 직장인으로 살아가는 일

　3년 전, 부장님이 나를 불렀다. 승진도 빨랐으며 능력을 인정받는 부장님이셨다. 요즘 일은 어떠냐며, 회사에서는 처음 3년 동안의 이미지가 평생을 간다고 하셨다. 결국 잘하라는 의미였을 것이다. 며칠 전, 팀원들의 실적 평가를 앞두고 팀장님이 나를 불렀다. 그리고 3년 전 부장님에게서 들었던 말과 똑같은 말씀을 하셨다. 경영진의 눈에 띌 수 있도록 무엇이든 적극적으로 추진해 보라고 덧붙였다. 회사에서 성공하려면 자신을 어필해야 한다고 강조했다.

　'최근 3년간 하위 30%'

　인사고과 기간이 끝나고 받아본 나의 근무 평가 결과였다. 그나마 직원들의 사기를 꺾지 않기 위해 구체적인 백분율보다는 상위 30%, 중위 40%, 하위 30%로 분류한 것인데, 나는 하위 그룹 내에서도 더 아래에 속해 있었던 것일지도 모른다. 문득 부장님과 팀장님의 말씀이 떠올랐다. 앞으로 이곳에서 평생 하위 30%의 인력으로 살아가야 할 수도 있겠다는 생각이 들었다.

인사 발표가 있는 날에는 늘 회식을 한다. 승진자를 축하하고, 승진에 실패한 사람을 위로하는 자리다. 승진을 못 했다는 사실보다는 승진을 못 한 것을 안타까워하는 사람들의 위로가 나를 더욱 민망하게 한다. 정작 나는 신경을 쓰지 않는데 다음은 네 차례일 것이라는 격려에 괜히 얼굴이 붉어진다.

누군가는 잘 보이기 위해, 높은 자리에 오르기 위해 열심히 일을 했었을 테지만 나는 그러지 못했다. 동료들에게 비난받지 않고 스스로에게 부끄럽지 않다면 그것으로 충분하다고 생각했다.

숫자에 연연하지 않는 삶을 살아온 것은 아니다. 좋은 대학에 진학하기 위해서, 좋은 직장에 취업하기 위해서 성적에 얽매여 밤낮으로 열의를 쏟았던 때가 있었다. 등수나 점수가 남들보다 뒤처지면 별 볼 일 없는 인생을 살게 될 것이라는 걱정이 앞서던 시절이었다. 그러나 지금에 와서는 대다수의 동료들을 내 앞에 둔 상황을 오히려 덤덤한 마음으로 받아들이며 지내고 있다. 지금의 나는 예전에 비해 뭐가 달라진 것일까.

인생의 목표라고도 할 수 있었던 취업이 내어 준 것은 짜릿한 성취감도, 포근한 안도감도 아니었다.

예상치 못하게도 그것은 남들이 만든 환상을 여태 나의 꿈으로 착각하고 노력해 왔다는 깨달음이었다. 그곳에 가면 장밋빛 인생이 펼쳐질 것이라는 사람들의 바람을 나도 역시 갈망했고, 마침내 거머쥐었다고 생각하는 순간 환상은 신기루처럼 흩어졌다. 취업의 기쁨은 잠시였고, 어느 순간부터는 일이 쌓일수록 의욕보다 한숨만 늘어 갔다. 무엇보다 회사에서 일을 하는 보람도, 이루고 싶은 꿈도 찾을 수 없다는 게 나를 무기력하게 만들었다.

나보다 먼저 과장으로 승진한 후배는 회사 일이 모두 그렇지, 딱 맞는 일이 어디 있겠냐며 억지로라도 의미를 부여하면 된다고 말했다. 그의 말이 틀린 것 같지는 않았다. 하지만 좋은 평가와 승진만을 바라는 동료들을 보며 더 이상 환상을 좇고 싶지 않았고, 좇을 환상 또한 나에게는 없었다.

직장을 다니는 동안 회의감은 더욱 커져갔지만, 그것이 꼭 나쁜 것만은 아니었다. 오히려 더 이상 허울을 쫓아가지 않고 온전히 나에 대해 집중하는 시간을 가질 수 있었다. 여행을 자주 떠났고, 하고 싶은 일이 생기면 무작정 시작해 보았다. 나는 무엇을 좋아하고, 어떻게 살아가고 싶어 하는지에 대해 조금 더 깊게 생각해 보며 먼발치의 환상보다 '지금'이라는 시간, 그리고 '나'라는 존재에 점점 가치를 두기 시작했다. 남들보다 뒤처지면 안 될 이유, 남들처럼 하지 않으면 안 될 이유는 어디에도 없었다.

계단을 오르다가 도우루(Douro)강 전망을 내려다보았다. 넓게 펼쳐진 하늘에는 새들이 자유롭게 날아다니고, 푸른 물길에는 유람선이 남기고 간 잔물결 위로 빛이 떨어져 반짝인다. 언덕을 따라 펼쳐진 건물들은 햇살 아래 발갛게 익은 듯 주황빛으로 도시를 물들이고 있다.

계단 끝 정상까지는 아직 한참을 더 올라야 했지만 탁 트인 전망이 좋아 그 자리에서 멈춰 섰다. 중턱에서 바라본 풍경이지만 한참을 바라볼 정도로 충분히 아름

다다랐다. 그 사이 뒤따라오던 사람들이 나를 지나 윗길로 올라갔다. 정상에 올라 아래를 바라보면 더욱 멋진 풍경이 펼쳐질 수도 있겠지만, 나는 지금이 좋다.

북적대지 않는 조용한 이곳에서 홀로 바라보는 도우루강의 모습이 평온하다. 느긋하게 앉아 눈앞의 풍경을 그림에 담아볼까 한다. 이제는 바로 앞에 펼쳐진 것에, 내가 내켜 하는 것에 좀 더 집중할 시간이다.

내가 가지 못한 길을 걷는 사람들

와이너리에서 걸어 나올 때 우리는 한껏 취기가 올라 있었다. 해가 떨어지자 강둑을 흘러가는 바람은 조금씩 쪽빛으로 물들어 갔고, 제법 서늘해진 공기에 두 뺨 가득 오른 열기를 조금씩 흘려보내며 천천히 길을 걸었다.

"혹시 실례가 안 된다면 무슨 일을 하시는지 여쭤봐도 될까요?"

와이너리 투어 중에 알게 된 우리는 여태껏 서로가 무슨 일을 하는지 묻지 않고 있었다. 일을 그만두고 여행을 오는 사람들이 많았기에 혹시나 예의가 아닐까 싶어 직업에 대해서는 잘 묻지 않았던 것이었다. 하지만 함께 와인을 시음하고 대화를 나누면서 친근감이 싹튼 것인지 마음속에서 꿈틀대는 호기심을 누르지 못하고 슬쩍 물어보게 되었다.

"문정동에 있는 조그만 회사에서 피규어 만드는 일

을 하고 있어요."

"와, 피규어 만드는 일이요? 흥미로운데요. 혹시 미술을 전공하신 건가요?"

"아뇨. 대학교에서 경제학을 공부했어요. 사실 그전에 은행에서 3년 조금 넘게 일하다가 그만뒀었죠."

은행원, 그리고 피규어 만들기. 서로 전혀 연결고리가 없어 보이는 직업이었다. 내가 의아한 표정을 짓자 그녀는 이미 반응을 예상했다는 듯이 말했다.

"생뚱맞죠? 저도 그렇게 생각해요. 은행에서 일을 하면서 한 번도 행복하다고 생각해 본 적이 없었어요. 오히려 업무의 압박감과 제게 볼멘소리를 하는 손님들 앞에서 아무렇지 않은 듯 친절한 표정을 지어야 했던 하루하루가 너무 힘들었었거든요. 하루에도 수십 명의 손님을 대하다 보면 정말 별의별 사람을 다 마주할 때가 많았어요."

직접적인 경험 없이는 힘듦의 깊이를 가늠할 수 없겠지만, 몇몇 단어만으로도 지난 직장에서 겪었을 고충이 어느 정도 느껴졌다.

"그보다 더 힘든 건 '내가 이 고됨을 이겨 낼 수 있을 만큼 스스로에게 의미 있는 일을 하고 있는 것일까'에 대한 회의감이었어요. 그래서 결국 제가 좋아하는 걸 해보게 된 거죠."

그녀의 말에서 평소에 자주 고민해 오던 생각이 떠올랐다. 주어진 시간은 한정되어 있는데 과연 나는 의미 있는 일을 하고 있는지, 그리고 그 시간을 허투루 보내고 있는 것은 아닌지 늘 품어오던 의문 말이다. 그런 의문에 허덕이다 보면 공허한 감정이 훅하고 밀려들어 올 때가 있었는데, 그것이 그녀가 말한 '회의감'이었을지도 모른다. 분명 우리가 느낀 감정은 같았겠지만, 고민만 해오던 나와는 달리 그녀는 답을 찾고 실천으로 옮기며 '회의감'을 극복하고 있었던 것이다.

"맞아요. 우리가 살아가는 시간은 정해져 있고 하고 싶은 걸 하면서 살기에도 짧은 인생인데, 어쩔 수 없이 그러지 못하고 살아갈 때가 많죠. 용기 있는 선택을 하신 것 같아요. 행복해지려면 용기가 필요하죠."

어떤 일이 돈을 더 벌 수 있는지, 더 안정적인지를 떠나 자신이 좋아하는 일을 결단력 있게 선택하여 행동

으로 옮기고 있는 그녀가 존경스러웠다. 그것은 분명 내가 하지 못하고 있던 것이었고, 그러한 사실이 그녀가 걸어온 길을 더욱 빛나 보이게 만들었다.

어느덧 동 루이스 다리를 건너 히베이라 광장 쪽으로 들어서자 누군가 길거리 공연을 하고 있었다. 귀에 익숙한 노랫소리가 흘러나오는 그곳으로 자연스럽게 다가갔다.

신발을 벗은 채 지그시 눈을 감고 노래를 부르는 한 음악가의 모습이 부드럽게 울리는 기타의 선율과 어우러져 영화 속의 장면을 보는 듯한 느낌을 주었다. 어디선가 들어본 멜로디를 타고 어깨선이 절로 박자에 맞춰 넘실거렸다.

서너 곡의 연주가 끝나고, 우리 일행은 함께 저녁 식사를 하며 오늘 일정을 마무리 짓기로 했다. 다음 날이면 각자 떠날 여행길을, 그리고 그 이후의 삶을 응원하자는 의미에서.

"조금 전 광장에서 버스킹을 하던 사람도 자기가 하고 싶은 일을 하고 있는 거겠죠?"

길을 나서며 그녀에게 물었다. 그러자 그녀는 고개를 끄덕였다.

"그럼요. 연주에서 그 사람의 행복한 마음이 느껴졌어요."

그리고 옅은 미소를 띠며 말을 덧붙였다.

"저도 돌아가면 즐겁게 피규어를 만들 수 있을 것 같네요."

행복한 노년을 맞이한다는 것

서쪽 하늘 너머로 해가 저물어 가는 동안 해변 한쪽에는 네 명의 노인이 모여 있었다. 그들은 네모난 바위에 둘러앉아 무언가에 열중하고 있었다. 콧등 아래까지 내린 안경 너머로 시선은 몇 장의 카드를 쥐어 든 손을 향하고, 얼굴 위로 쪼그라진 주름들은 진지한 표정에 더욱 깊이 패어 보였다.

가던 길을 멈추고 근처 바위에 잠시 쉬어가는 척 앉아 그들을 유심히 살펴보기 시작했다. 바닷가에서 불어오는 바람이 모든 소리를 걷어가고, 해변에는 백지처럼 고요한 정적만이 남아 노인들의 모습은 더욱 선명히 눈에 들어왔다.

언젠가부터 노인들이 모여 있는 광경을 마주하면 슬그머니 관찰하는 버릇이 생겼다. 종로에 갈 일이 있어 탑골공원이나 종묘광장공원을 지나칠 때에는 일부러 걸음을 늦추고 곳곳에 모여 앉은 노인들을 살펴보기도 했다. 계단에 말없이 나란히 앉아 있는 노인들, 바둑이나 장기를 두고 있는 노인들, 잡담을 나누거나 때로는 목에 핏대를 세우고 열변을 토하는 노인들, 저마다의 방식으로 시간을 보내고 있는 황혼의 삶들을 보면서 나의 노년에 대해 생각해 보고는 했다.

"그때가 좋은 거야"라는 어르신들의 말씀을 들을 때면, 젊음 하나만으로도 즐거울 수 있었던 시절이 지나고 노년의 시기가 찾아왔을 때 어떤 즐거움으로 살아가야 할 것인지에 대한 고민이 생기곤 했다. 어르신은 왜 그런 말씀을 하셨는지, 노년에는 즐거움이란 없는 것인지, 아니면 지금은 알 수 없는 나름대로의 재미가 그때는 있는 것인지 여러모로 생각을 해보게 되었다. 다양한 노인 군상이 있는 현장을 우연히 마주치면 무엇이 그들을 웃고 즐겁게 하는지 들여다보기 시작한 것도 이런 생각을 하게 되었을 무렵부터였다.

가끔 다른 사람들도 나와 같은 생각을 하는지 궁금할 때가 있었다. 그래서 회사 동료나 친구들에게 노년의 삶에 대해 어떻게 생각하고 또한 어떤 방법으로 준비하고 있는지 물어보고는 했다. 대부분 아직은 젊다는 이유로, 먹고 살기 바쁘다는 이유로 진지하게 고민해 본 적이 없다는 답이 돌아왔다. 그리고 어떤 사람들은 노후를 대비해서 보험, 연금 상품, 부동산 등에 투자하고 있다고 말하기도 했다. 이내 사람들은 내게 같은 질문을 되물었는데, 그럴 때면 피식 웃으며 '나도 잘 모른다'고 답을 했다. 자신이 좋아하는 일을 찾고 그것을 함께할 수 있는 사람들을 곁에 두는 것이 진정한 노후 대비라고 말한 적이 있는데, 뜬구름 잡는 소리 같다는 말을 몇 번 들은 후로 같은 답을 하지 않게 되었다.

최근 들어 노년이 되어서도 하고 싶은 한 가지 일이 생겼다. 몇 년 전부터 진행해 온 그림 동호회 활동이다. 혼자보다는 여러 명이 카페에 모여 함께 그림을 그리면 좋을 것 같아서 시작한 일인데, 모임을 꾸준히 진행하다 보니 어느새 인원이 수백 명으로 늘어나며 동호회가 되어 버렸다. 직장생활을 하며 주기적으로 모임을 이끌어 가는 것이 쉬운 일은 아니었지만, 일주일에 한두 번 사람들과 함께 그림을 그리는 시간은 가뭄에 단비처럼 지친 일상에 활력을 불어넣어 주었다.

무엇보다도 내가 좋아하는 활동과 그것을 함께할 수 있는 사람들이 있다는 것이 얼마나 행복하고 감사한 일인지 경험할 수 있는 소중한 시간이었다.

요즘 모임에 나가면 사람들에게 환갑, 칠순이 되어서도 모두 같이 그림을 그리자는 말을 습관처럼 한다. 그림 동호회가 노년의 유희를 위해 시작한 일은 아니었지만, 함께 그리는 즐거움을 통해 꼬부랑 노인이 되어서도 계속해서 모임 활동을 하고 싶다는 바람을 가지게 되었다.

'자신이 소속감을 느낄 수 있는 공동체에서 사람들과 함께 좋아하는 활동을 공유하는 것이 인생을 행복하게 만든다'라는 말을 어렴풋이 기억한다. 요즘은 어떻게 늙어갈 것인지에 대해 생각을 하다 보면 그림을 그리며 사람들과 시간을 보내는 모습을 상상하게 된다. 그럴 때면 기억하던 그 말처럼 노년의 삶을 행복하게 보낼 수 있을 것 같은 느낌이 든다.

그러고 보면 노년을 즐겁게 보낼 수 있는 방법은 지금의 것과 별반 다르지 않아 보인다. 좋아하는 것, 그리고 즐거움을 함께 나눌 수 있는 사람들. 지금 내게 즐거움을 주는 것들을 소중히 지켜 나가다 보면 그것들이 먼 훗날에도 나를 즐겁게 하지 않을까 생각해 보게 된다.

석양은 어느덧 바다와 점점 맞닿아 가고 수평선 위로 붉은 빛이 넓게 퍼져 간다. 기다란 그림자를 밟고 일어선 한 노인이 카드를 내던지자 나머지 세 명이 탄식을 하더니 모두가 껄껄 웃는다. 그리고 한 마디씩 던지면서 서로 어깨를 툭툭 가볍게 치고는 더 크게 웃는다. 카드 게임의 승자가 누구인지는 알 수 없었지만, 이것 하나만큼은 분명하다.

그들은 자신들을 닮아 있는 황혼의 해변에서 함께 즐거움을 나누며 한적하고 평온한 시간을 보내고 있다는 것을.

Are you Happy?

어느 여행지에서든 반드시 해보는 것이 있다. 현지의 카페에 들러 커피 한 잔을 시켜두고 느긋하게 시간을 보내는 일이다. 카페에 앉아 여유롭게 커피를 마시고 있으면 현지의 삶 속에 녹아드는 기분이 들었고, 그런 순간이 나는 좋았다. 그렇게 북적이지 않고 조용한 카페를 찾은 날에는 굳이 다른 것을 하지 않더라도 하루를 잘 보낸 것 같았다.

포르투에서의 마지막 날에는 상벤투역 근처의 '브라질레이라 카페(Cafe A Brasileira)'를 찾았다. 손님들이 없고 공간도 넉넉하여 커피 한 잔과 함께 한적한 오전을 보내기에는 제격이었다.

무엇보다 문을 열고 들어갔을 때 밀려들어 오는 카페의 분위기가 마음에 들었다. 창가 너머로 쏟아지는 빛에 금빛 장식들이 반짝였고, 청록색 벽에 붙은 커다란 벽 거울들이 서로를 비추어 에메랄드빛으로 공간을 가득 채웠다.

주문을 마치고 자리에 앉자 정갈하게 차려입은 종업원이 걸어와 테이블에 커피를 올려놓았다. 짙은 고동색 커피 위로 하얀 김이 피어올랐고, 이내 그 김은 햇살 사이로 투명하게 흩어지며 진한 향을 남겼다. 갓 나온 커피의 향을 맡는 기분은 여행을 떠나기 전의 설레는 마음과 같다고 해야 할까, 향이 불러일으키는 맛의 기억이 어서 커피잔을 잡을 것을 재촉했다.

입술을 컵에 살짝 대고서 한 모금 입에 머금자 고소하면서도 쌉쌀한 풍미가 맴돌았다. 천천히 삼켜 넘긴 커피는 식도를 지나 속을 따끈하게 감쌌고, 부드럽고 묵직한 커피 향이 코끝에 남아 여운을 남겼다.

"Are you happy?"

그때 커피를 전해 줬던 직원이 나를 보며 물었다.

갑자기 행복하냐고 묻는 질문에 무슨 답을 해야 할지 살짝 당혹스러웠다. 잠시 정적이 흘렀고, 긴장한 모습을 감추려 얼른 고개를 끄덕이며 답했다.

"Yes, I am so happy."

Café A Brasileira.

그러자 그는 밝은 표정으로 엄지손가락을 치켜세우고서는 진열대 너머로 걸어갔다.

'무슨 이유에서 행복을 물었을까?'

커피를 마시며 생각했다. 아마도 커피 한 모금을 홀짝거리는 모습이 행복해 보였기 때문일 것이라 짐작했다. 어쨌든 향긋한 커피를 음미하는 시간이 좋았기에 그가 던진 질문의 취지에 맞게 대답을 한 것이라 결론을 지었다. 그리고 다시 마음 편히 커피에 집중했다.

시간이 한참 흐른 뒤 나는 그가 커피 맛이 마음에 드는지 물어보았다는 것을 알게 되었다. 행복을 묻는 것이라 생각한 표현이 '마음에 드느냐'는 의미였던 것이다. 그런 줄도 모르고 뜬금없이 행복의 여부를 물었다고 여겼던 상황이 떠올라 문득 민망해졌다.

마음에 든다는 표현에 어째서 '행복'이라는 단어를 쓰는 것인지 궁금했다. 행복이라는 단어를 쓰지 않았으면 더 쉽게 알아들었을 텐데 말이다. 한동안 곰곰이 생각해 보다가 질문의 문장을 살짝 바꿔 보았다. '어째서'라는 말을 빼자 '마음에 드는 상태를 두고 행복이라

쓰는 것이 아닐까'라는 생각이 머릿속을 스쳐 지나갔다. 커피 맛이 좋다는 것, 즉 마음에 드는 것 하나를 마주하는 그 순간이 결국 우리를 행복하게 하는 것일 테니 말이다. 늘 찾아다니던 '행복'에 대한 답이 사소한 물음 속에 있었다.

　이후로 맛있는 커피 한 모금을 머금는 순간에는 늘 그날의 물음이 떠올랐다. 그리고 '맛있다' 대신 '행복하다'라고 표현하는 버릇이 생겼다. 뿐만 아니라 먹고 마시고 보는 여러 가지에 대해서도 '행복하다'라는 말을 붙이기 시작했다. 나아가 그것은 삶의 방향이 일상에서 사용하는 단어의 표현을 따라 조금씩 변하게 되어 가는 것이라 생각하는 계기가 되었다.

'Are you happy?'

어쩌면 포르투의 카페 점원은 내게
정말 '행복'에 대해 물어본 것일지도 모른다.

그 질문에 감사하며,
나는 지금 커피를 마시며
흡족한 표정을 짓는 당신에게도
묻고 싶다.

'커피 맛있어?'가 아닌 '행복해?'를.

이렇게 살다 죽는 게
인생은 아닐 거야

고양이 다리와 아버지 손가락

노란빛 한가득 품은 집들 사이로 어린 고양이 한 마리가 길에 앉아 꾸벅꾸벅 졸고 있다. 따뜻한 오후의 햇살에 포근함을 느끼는 것은 고양이도 마찬가지인가 보다. 어미는 어디로 가고 혼자서 이곳에 나와 있는지, 완전히 자라지 않은 모습이 귀여우면서도 조금은 애처롭기도 하다.

작년 이맘때쯤 아버지는 새끼 고양이 한 마리를 돌보기 시작하셨다. 당시 퇴직 후 시골로 내려가 지내던 중이셨는데, 어느 날 현관 앞에서 어미 잃은 새끼 고양이를 발견하신 것이었다. 두 주먹 크기도 안 되는 것이 홀로 울어대고 있으니 그 모습이 가여워 일단 보살피게 되었다고 하셨다. 처음엔 며칠만 먹이고 보낼 계획이었지만 어느새 정이 붙어 창고 한쪽에 집을 마련해 두게 되셨다. 아버지는 고양이를 '아리'라고 부르셨다. 부모가 없어 고아가 된 고양이라 하여 고아리라고 이름 지어진 것이다. 아버지의 입에서 '고아'라는 말이 나온 적은 딱 두 번 있었는데, 한번은 고양이의 작명 과정을 설명하면서였고, 다른 한번은 내가 10살이었던 해에 할머니께서 돌아가셨을 때였다. 할머니의 죽음이 어색하기만 했던 내게 아버지가 걸어와, 자신은 이제 엄마 없는 '고아'라며 눈물을 흘리셨던 기억이 선명하게 남아 있다. 25년이 지났지만 여전히 아버지는 자신을 '고아'라 생각하며 살아가실까. 아버지는 고양이에게 이름을 지어주면서 자신의 처지를 떠올려 보았을지도 모른다.

한 번은 아리가 집을 나가 닷새 동안이나 돌아오지 않다가, 죽었을 것이라 단념하던 무렵 다리 한쪽이 뜯겨 나간 채 절뚝거리며 돌아온 적이 있다. 아버지가 급히 동물병원에 데리고 가 수술을 하여 목숨은 건졌지만, 결국 아리는 다리 한쪽을 잃은 채로 살아가야 했다. 며칠 동안 아버지는 밤새 쪽잠을 주무시며 아리를 품에 두고 보살피셨다. 아리가 겪는 고통을 마치 자신의 것처럼 여기셨는데, 그것은 작은 몸뚱어리를 쓰다듬던 아버지의 오른손에도 같은 아픔이 있었기 때문일 것이다.

내가 어릴 때 아버지는 직장에서 엄지손가락이 절단되는 사고를 당하셨다. 다행히 봉합 수술이 잘되긴 했지만, 손가락이 잘려 나가던 순간의 고통과 끔찍함에 대한 기억이 늘 가슴 한구석에 시큰하게 남아 있었을 것이다. 그리고 그런 중에도 아내와 어린 자식을 먹여 살리기 위해 궂은일을 마다치 못했던 가장의 무게는 누구도 덜어 줄 수 없었을 것이다. 손가락에는 아픔뿐만 아니라 혼자서 고스란히 그 상황을 받아들여야 했을 외로움도 남아 있었다. 나는 아직도 아버지의 오른쪽 엄지손가락을 잘 쳐다보지 못한다.

사실 아버지는 고양이를 좋아하지 않으셨다. 고양이는 요물이라 하셨고, 정을 붙이고 키울만한 동물의 종류가 아니라는 말씀을 하시고는 했다. 그러셨던 분이 이제는 고양이를 보살피느라 하루라도 집을 비우지 못하게 되셨다.

되짚어 떠올려 보면 할머니께서 돌아가셨던 날도, 엄지손가락을 붕대로 감싸고 오셨던 날도 나는 아버지에게 따뜻한 포옹 한 번 해 드리지 못했다. 어쩌면 아버지는 위로받지 못한 자신의 옛 모습을 이제야 위로하고 있는 것인지도 모른다. 골목길을 떠도는 고양이 한 마리를 마주하는 날에 나는 또다시 아버지 생각을 하게 될 것이다.

평범하게 살고 싶지는 않았습니다만

석양을 보기 위해 바닷가를 찾았을 때였다. 모래사장을 걷는데 밀려드는 바닷물에 사라졌다, 나타났다 반복하는 무언가가 보였다. 눈을 시퍼렇게 뜨고 입은 반쯤 열고 있는, 죽은 물고기였다. 한때 쉴 새 없이 지느러미를 휘저으며 넓은 바다를 누볐을 물고기가 이제는 동력을 잃은 채, 파도에 떠밀려 자신의 영역이 아닌 육지에 몸통을 묻고 있었다.

잠시 걸음을 멈추고 죽은 물고기를 바라보았다. 넘실대는 물결 위로 이곳까지 떠밀려왔을 모습이 떠올랐다. 그리고 반복되는 일상에 삶을 떠맡긴 채 지내온 지난날들이 겹쳐졌다.

매일 아침 같은 시간, 사람들의 뒷모습을 따라 무심코 전철 안으로 흘러 들어가면 마른 배춧잎처럼 생기 잃은 표정들이 가득한 유리창 위로 같은 표정을 하고 있는 나를 마주하게 된다. 그러다 묻는다, 내 삶의 종착지는 어디였을까. 어제와 같은 오늘, 그저 남을 흉내 내는 삶의 반복이 내가 바라던 목적지는 아니었을 것이다.

하지만 그런 고민도 잠시, 사무실에 도착해 익숙한 얼굴들과 인사를 나눌 때면 '다들 그렇게 살아가지는 거지'라는 생각으로 스스로를 안심시킨다. 그리고 그렇게 세월의 흐름을 잊고 지내는 동안, 시간은 나를 더욱 먼 곳으로 떠밀어 놓아 버린다.

물결에 떠밀리듯 살아가려 한 것은 아니었다. 회사 생활에 염증을 느껴 해외의 대학원에 입학 지원도 해보았고, 모든 것을 두고서 떠나고자 이민을 알아보기도 했었다. 다만 부모님의 기대를, 회사가 주는 안락함을, 무엇보다도 남들이 하는 만큼은 하며 살아야겠다는 헛된 바람을 결국 거스르지 못했다. 주인 없는 껍데기 속에 자신을 구겨 넣은 채, 한참을 죽은 것으로 살아왔다.

어릴 적 학교에서 장래희망을 물어볼 때는 친구들을 따라 '과학자'라 답했고, 수학 성적이 좋으면 '이과'를 지원해야 한다는 선생님의 말이 당연하다고 생각했다. 그리고 수능 시험 점수에 맞춰 취업도 잘되고 요즘 뜨고 있는 '컴퓨터공학과'로 진학하는 것이 제격이라는

아버지의 말씀을 최선으로 알았다. 그렇게 나는 평범한 '직장인'이 되었다. 주변에서 말하는 기준에 맞추려 애쓰는 것이 인생의 대부분을 설명하는 삶의 이력이었다.

그런 내가 어느 날 갑자기 다른 사람들과는 다른 나만의 길을 찾아보겠다고 발버둥을 쳐 봤지만, 결국 마주하는 것은 반복적인 현실 앞에서 무기력한 나의 모습뿐이었다. 남들처럼 평범하게 살고 싶지는 않았지만, 이미 나는 평범하게 살 수밖에 없었을지도 모른다.

바람이 더욱 세차게 불어온다. 쪼그려 앉은 자리에서 일어서려는데 축 늘어진 지느러미가 물결을 거슬러 헤엄치던, 옛 움직임을 기억하듯 몸뚱어리에 매달려 바람에 나부낀다. 혹시나 숨이 붙어 있을까, 다시 가까이 앉아 미끈한 몸통을 손가락으로 쿡쿡 눌러 보았다. 그러나 죽은 것은 다시 살아나지 않았다.

땅이 끝나고 바다가 시작하는 곳

절벽에 올라선 순간, 바람이 세차게 불어와 온몸을 밀어붙인다. 겨우 두 발을 딛고 내려다본 바다의 모습은 모래사장에서 봐 오던 풍경과는 다르게 매우 광활하다. 햇빛 줄기가 넓게 퍼져 순청빛 바다를 환하게 비추고, 윤슬에 반짝이는 수평선은 바다와 하늘 사이에서 끝없이 이어진다.

수천 년 동안 변하지 않았을 대자연의 경관 앞에서 다른 시대의 사람들은 무슨 생각을 했을까? 15세기 포르투갈의 시인 카몽이스는 그의 대표 대서사시 <Os Lusiadas>에서 다음과 같은 말을 남겼다.

'AQUI ONDE A TERRA SE ACABA E O MAR COMEÇA'
여기 이곳, 땅이 끝나고 바다가 시작하는 곳

'*AQUI ONDE A TERRA SE ACABA E O MAR COMEÇA*'

유럽 대륙의 끝 '호카곶(Cabo da Roca)'의 한 기념비에도 새겨져 있는 이 문장은 그가 대서양 바다를 어떻게 바라보고 있었는지를 보여 준다. 그는 바다를 가리켜 '시작'이라는 표현을 썼고, 이곳을 그저 육지의 끝이 아닌 새로운 세계라 보았다. '시작'이 주로 꿈이나 희망을 부여하는 대상과 함께 쓰인다는 점을 미루어 볼 때, 그가 대서양 바다를 보며 품은 것은 새로운 세계에 대한 희망이었음을 알 수 있다. 그에게 있어 바다는 곧 희망의 상징이었다.

한편, 사람들이 늘 이곳 바다에서 희망만을 봐 온 것은 아니었다. 시간을 더욱 거슬러 옛 유럽인들에게는 이곳이 공포의 대상으로 여겨졌는데, 대서양 바다 너머에는 낭떠러지 지옥이 있었을 것이라 믿었기 때문이었다. 지금 생각하면 터무니없는 미신으로 들릴 수도 있겠지만, 지구가 평평하다고 생각했던 당시의 사람들에게 땅끝은 세상의 끝과 다름이 없었다.

지금 내가 서 있는 이곳에서, 오랜 시간 늘 같은 모습이었을 바다를 보며 어떤 이들은 희망을 품고, 어떤 이들은 두려움을 느껴왔다. 한때 미지의 영역이었던 망망대해를 보며, 희망과 두려움 사이에서 바다를 바라보던 그들의 모습이 여전히 가 보지 못한 길을 바라보는 지금의 내 모습과도 크게 다르지 않음을 문득 생각해 보게 된다. 그리고 얼마 전 한 친구가 내게 했던 말을 함께 떠올린다.

"회사가 전쟁터라면, 회사 밖은 지옥이야."

다니던 회사를 그만두고 내가 좋아하는 '그림'과 관련된 일을 시작해 보고 싶다는 희망 사항을 회사 동료나 친구들에게 털어놓으면, 그들에게서는 대개 비슷한 답변이 돌아왔다. 회사 밖은 지옥이라는 그들의 눈에는 잘 다니던 회사를 떠나 새로운 일을 꿈꾸겠다는 내가 철없고 무모하게 보였을까? 내 마음 같지 않은 대답에 서운함이 들기도 했지만 그들의 말을 부정할 수는 없었다. 그것은 아마도 마음속에서 희망보다 더욱 크게 자리 잡고 있는 두려움 때문이었을 것이다. 회사를 떠나면 지옥이 펼쳐진다는 말을 믿는 것은 아니었지만, 가 보지 않은 길에 대한 두려움은 내 발목을 잡고 좀처럼 놓아 주지를 않았다.

지난달에는 회사를 그만두고 수능 시험을 치른 뒤 대학에 새로 입학한 친구를 만났다. 그는 회사에서 유일하게 퇴사와 이후 계획에 대해 진지하게 이야기를 나누던 입사 동기였다. 그는 언젠가 회사를 벗어나 한의사의 길을 갈 것이라 했고, 그의 말에는 두려움보다는 희망과 확신이 묻어났다. 나는 그런 그를 응원하면서도 10년 가까이 다닌 직장생활의 궤도에서 벗어나는 일이 쉽지 않음을 알기에 의심 반 기대 반으로 그의 행보를 지켜보았다. 그러던 어느 날, 그가 정말 퇴사 소식을 전해 왔다. 마침내 자신이 바라던 새로운 삶을 향해 한 발짝 다가서게 된 것이었다. 회사 밖을 지옥이라 말하던 사람들과는 달리 자신의 희망을 따라 회사 밖으로 나아갈 수 있었던 그를 보면서, 나 또한 새로운 도전을 시도해볼 수 있을 거라는 용기를 얻게 되었다.

여전히 나는 회사 밖 세상이 무섭고 그곳으로 떠날 준비가 되어 있지 않다. 하지만 동시에, 그림 그리는 일을 하고 싶다는 희망 사항을 놓지 않으려 애를 쓰기도 한다. 앞으로도 그사이 어딘가에서 고뇌와 갈등을 마주하며 살아가겠지만, 새로운 시작을 향해 뛰쳐나갈 수 있도록 희망을 잃지 않고 충분한 용기를 키워나갈 것이라고 항상 다짐한다. 옛사람들이 바다 너머를 지옥이라 여겼지만 그것은 공포가 만들어 낸 환상에 불과했던 것처럼, 그리고 바다를 지나 새로운 세상이 있다고 희망했던 사람들의 말이 결국 옳았던 것처럼, 회사 밖은 결코 지옥이 아니라 새로운 기회를 찾을 수 있는 삶의 전환점이 될 것이라 믿어본다.

저 바다 너머를 지옥이라
두려워할 것인지,
아니면 새로운 세상의 시작이라고
희망할 것인지,
땅이 끝나고 바다가 시작하는
이곳에서 푸른빛 가득 넘실대는
물결을 바라보며,
미지의 세계를 찾아 항해를 떠났을
옛 선원들의 모습을 떠올려 본다.

리스본에서 가장 멋진 전망대

I.

잿빛의 폐건물을 보고 있으니 한때 온기가 가득했던 모습이 펼쳐진다. 출입문과 유리창은 전부 뜯겨져 사라지고, 콘크리트 골조만 앙상하게 남아 있다. 비스듬히 비추는 오후의 햇빛이 훤히 들여다보이는 공간을 채우고 있다.

오래 묵은 시간이 머물러 있는 이곳은 한 길거리 예술가가 알려준 파노라미쿠 데 몬산투(Panoramico de Monsanto) 전망대다. 사람들에게는 잘 알려지지 않은 곳이었는데 711번 버스를 타고 리스본 외곽을 돌아, 숲길을 한참 걸은 후에야 겨우 찾을 수 있었다.

전망대는 한때 고급 레스토랑이 운영되었던 곳이라 했다. 하지만 야생화 가득 핀 울타리 너머 눈앞에 보이는 것은, 새하얗게 불태우고 남은 연탄재 같은 모습뿐이었다.

리스본 전체가 훤히 내려다보이는 멋진 전망을 둔 까닭일까, 울창한 숲속 외딴 건물에도 사람들이 드나든 흔적이 남아 있다. 빙빙 돌아 위로 뻗어있는 나선형 계단 너머, 시선이 닿는 벽면 곳곳에 그라피티가 그려져 있다. 붉고 푸른 강렬한 색의 스프레이로 마구 뿌려 놓은 듯한 글과 그림들, 느리게 발걸음을 옮기며 찬찬히 마주해본다.

웃음 가득한 표정의 얼굴, 거칠게 날이 서 있는 글씨, 커다란 하트 모양의 그림, 몽글몽글하게 적힌 누군가의 이름. 어떤 글은 선명한 붉은색이 손에 묻어날 것만 같고, 바로 옆 푸르스름한 그림은 벽과 함께 낡아가며 지난 시간을 가늠하게끔 한다. 알록달록하고 혼란스러운 듯 보였지만, 나름의 질서를 지키며 빈틈없이 무채색의 벽을 채우고 있다.

계단을 따라 오르자, 텅 빈 공간을 가득 메우는 화석(畵石)의 갤러리가 이어진다. 차갑게 식어 있던 콘크리트 덩어리에서 붉고 푸른 생기가 느껴진다. 헛것으로 낡아 왔지만, 오랜 기다림 끝에 제 자신을 찾은 모습이었다. 근사한 레스토랑의 모습은 뜯어 없어지고 헐벗은

폐허로 남아있던 전망대, 이제 하나의 거대한 예술 작품으로 재탄생하여 그 자리에 우뚝 서 있었다.

계단 끝에 올라서서 아래를 내려다보니 위층에서 아래층까지 뻥 뚫린 창 너머로 햇볕이 쏟아지고 있다. 떨어지는 빛들은 나선형 계단에 부딪히며 형형색색의 그라피티를 환하게 밝힌다. 빛으로 가득한 전망대 안을 가만히 바라보는데, 문득 나의 삶도 이곳을 닮아갔으면 하는 생각이 든다. 오랜 세월을 두고 비워야 채울 수 있었던 전망대의 시간처럼 말이다. 내 것이 아닌 것들로 채운 삶이 조금씩 비워지기를, 그리고 내게 어울리는 것들로 채워 나가기를, 그래서 마침내 내게 온전히 맞는 모습을 찾을 수 있는 날이 오기를. 그렇게 희망해본다.

누군가 리스본으로 떠난다고 한다면 느지막한 오후의 이곳 전망대를 찾으라고 말해 줄 생각이다.

II.

"어머니, 건호는 미술을 시키셔야 해요."

초등학교 4학년 때, 미술 선생님이 하셨던 말씀이 떠올랐다. 그리고 집으로 오는 동안 엄마에게 미술에는 관심이 없다고 말했던 기억이 난다. 미술은 넉넉한 집 안의 아이들이나 하는 것이었지 내게 어울리는 길은 아 니라고 생각했다. 시험 성적을 잘 받아 부모님을 기쁘 게 해 드리는 것이 그저 내가 할 수 있는 길이었다. 그렇 게 입학과 졸업을 되풀이하며 얼떨결에 취업이라는 목 표를 떠안게 되었고, 이에 최선을 다하는 삶이 내가 사 는 방식이 되어 버렸다.

시간이 흐른 뒤, 눈앞에 놓인 길을 따라 평범한 직 장인이 되었지만, 그곳이 목적지가 아니었다는 것을 깨 닫게 되었다. 잘한다고 생각한 적이 없던 일을 열심히 하는 것에는 한계가 있었고, 무엇보다 열심히 향했던 곳이 나의 목적지가 아니라는 사실이 마음을 공허하게 했다.

가끔은 생각해 보았다. 엄마 손을 잡고 걸어오던 그 날 "미술이 하고 싶어"라고 말했다면 지금 어떤 삶을 살고 있었을까? 그림을 자주 그리기 시작한 것도 그때쯤부터였다. 지금까지의 나로 살아가는 것이 벅차게 느껴질 때는 주로 그림을 그리며 시간을 보냈고, 그러면 이내 잃어버린 나 자신을 조금이나마 찾은 듯한 기분이 들었다. 그렇게 세상이 시키던 방식으로 살면서 닳아 버린 마음속 빈틈 사이로 그림을 채워 넣기 시작했다.

그림을 그리는 시간은 나의 삶에 생기를 불어넣는 시간이었다. 자유롭게 생각과 감정을 표현한 그라피티가 전망대의 빈 공간에 활기를 불어넣어 주고 있듯이 말이다. 그래서 나는 이곳 전망대가 좋았던 것일지도 모른다.

여행의 마지막

　공항으로 향하는 지하철을 탔다. 자리에 앉아 여행 중에 찍었던 사진들을 훑어보았다. 마지막 날 숙소를 떠나기 전에 찍었던 사진부터 시간을 거슬러 첫날 도착했을 때 찍은 사진까지, 모든 사진을 돌려봤을 때쯤 공항역에 도착했다. 출입문에서 내려 승강장에 잠시 서서 떠나는 지하철 열차를 잠시 바라보는데 어디선가 본 듯한 장면이 겹쳐졌다.

그것은 열차 안에서 마지막으로 본 사진, 공항 지하철 승강장에 막 도착하여 지하철이 오는 모습이었다. 떠남의 모습은 도착의 모습과 닮아있었다. 다만 같은 대상을 바라보는 나의 마음만이 달랐다. 여행 첫날의 설렘은 어느새 사라지고, 끝이 있음에 대한 아쉬움, 그리고 기약 없는 재회의 다짐만이 남아있었다.

승강장을 벗어나 이곳에 도착했던 날 걸었던 경로를 비디오 영상을 거꾸로 재생하듯이 그대로 따라 걸어가다 자동발권기가 있는 통로에서 멈춰 섰다. 전날 오후에 끊어뒀던 1일 정기권이 생각난 것이다.

아직 이 티켓으로 지하철이나 버스를 몇 시간 더 무료로 이용할 수 있어서 이대로 두고 가기에는 아까운 상황이었다. 누구에게라도 도움을 주고 떠나면 좋을 것 같다는 생각이 들어 발권기에서 티켓을 끊기 위해 기다리고 있는 한 사람에게 다가갔다.

"오늘 2시까지 지하철을 무료로 탈 수 있는 티켓이에요. 가져가서 쓰세요. 저는 이제 리스본을 떠나거든요."

순간 리스본 공항에 막 도착하여 발권기 앞에서 줄을 기다리던 나에게 다가와 티켓을 건네던 청년이 생각났다. 나도 그처럼 모르는 행인에게 티켓을 건네고 있었던 것이다. 막상 같은 입장이 되니 나에게 티켓을 내밀던 그의 마음이 온전히 이해되면서 그에게 조금은 미안한 감정이 생기는 듯했다. 더불어 티켓을 건네고 있는 저 사람도 나처럼 거절하고 지나가지 않을까 하는 막연한 불안감도 맴돌았다.

"감사합니다. 잘 쓸게요. 조심히 가세요."

내 앞에 있던 그가 미소를 지으며 티켓을 받아 갔다. 감사하다고 말한 것은 그였지만 오히려 내가 더 감사한 마음이 든 이유는 단순히 나의 호의가 거절당하지 않아서였을까, 아니면 아직 세상에는 사람들 간의 신뢰가 살아 숨 쉬고 있다는 감동을 느낄 수 있어서였을까.

길을 나서서 출구에 다다랐을 때쯤 뒤돌아서서 조금 전 그곳을 다시 한번 바라보았다. 처음에는 자동발권기가 있는 지하철역 통로에 불과했지만 떠나는 지금은 사람들의 따뜻한 마음과 신뢰가 싹트는 공간으로 보이기 시작했다. 그때 그 청년이, 그리고 내가 그랬듯이 또 다른 누군가가 이곳에서 티켓을 전하며 타인에게 작은 호의를 베풀고 있을 장면과 함께.

출국 수속을 마치고 보안 검색대를 지나고 나니 벌써부터 한국에서의 의무감이 중력처럼 나를 끌어당기는 듯했다. 면세점에 들러 회사 동료와 지인들에게 챙겨 줄 포르투갈 와인과 미니어처 체리주 몇 병을 구매하고, 귀국 다음 날 최상의 컨디션으로 일터를 나가기 위해 목 쿠션과 안대를 구입했다. 그리고 양손에 쇼핑백을 들고 목에 쿠션을 끼운 채 게이트 근처 대기석을 향해 터벅터벅 걸어갔다.

현실에서 느끼는 답답함을 못 견뎌 앞으로의 삶에 대해 생각해본다는 핑계로 도피하듯 여행을 떠나왔지만, 결국 다시 현실로 돌아갈 시간이 되었다. 신대륙 발견을 위해 탐험을 떠난 함대가 결국 아무런 발견 없이 돌아가는 상황에서 느끼는 심정이 이와 같을까. 한국에 있을 나 자신에게 전해 줄 답을 찾지 못한 채 다시 돌아가는 마음이 그리 개운하지는 않았다.

그렇다고 해서 절망스럽다는 것은 아니다. 어차피 하루아침에 찾아질 답은 아니라는 것은 애초에 알고 있었고, 문제집의 뒷부분을 펼치면 답안지가 나오듯 여행 속에 답이 있을 것이라고 기대하지는 않았기 때문이다.

나의 삶은 여전히 답을 찾는 여정 중에 있다. 이번 여행은 삶의 여러 물음표 하나하나를 마침표로 고쳐가는 단계의 일부가 될 것이다. 분명 아쉬움은 남지만 때로는 혼자서, 때로는 새로운 사람들과 마주하며 경험한 시간들이 여정의 계단에서 한 발짝 나아갈 발돋움이 되었으리라 믿으며 그것에 감사할 뿐이다.

또한 바쁘게 움직이고 끊임없이 생각을 했지만 껍데기뿐이었던 서울에서의 나를 벗어나 이곳 포르투갈에서 조금이나마 빈 곳을 채워 돌아갈 수 있음에 감사하며 이번 여행을 마무리해 본다.

SINTRA

에필로그

2년 후

포르투갈을 다녀온 지 어느덧 두 해가 지났다. 여전히 나는 '이렇게 살다가 죽는 것이 인생일까'라고 생각했던 사무실 책상에 앉아 하루의 대부분을 보내고 있다. 아침이면 사원증과 지갑을 허겁지겁 챙겨 급한 걸음으로 지하철을 타러 가고, 밀려오는 일들을 꾸역꾸역 처리하다가도 가끔 모니터를 멍하니 바라보며 잠시 공상하는 나의 모습은 포르투갈을 다녀오기 전과 크게 변함이 없었다.

다만 달라진 것이 있다면 그림을 조금 더 자주 그리게 되었고, 몇 차례 기회가 생겨 개인 전시회를 열기도 했다는 것이다. 비록 오늘 해야 할 일에 설레어 아침마다 눈이 번쩍 떠지는 열정 가득 이상적 삶은 아니지만, 반복되는 일상 속에서도 소소한 즐거움으로 틈새를 채우며 행복의 공간을 조금씩 늘려 가려고 하는 중이다.

'과연 나는 행복할 수 있을까?'라는 질문은 더 이상 예전만큼 자주 떠올리지 않기로 했다. 대신 하루하루를 미미하게나마 내가 좋아하는 것으로 꾸준히 채워 나가다 보면 극적인 변화는 없더라도 '행복한 삶'에 조금은 가까워져 있을 것이라는 믿음을 가져본다.

가끔 그곳에서 마주했던 순간들을 떠올린다.

자연과 건축물이 함께 어우러져 빚어내는

아름다운 도시의 모습과

도우루강이 내려다보이는

좁은 골목길

Grelha
do
Carmo.

풍경만큼이나

인상 깊었던

사람들의 모습

오르막길을

함께 걸어가는 가족

포르투갈의 향취를

더욱 돋워 주었던

맛있는 음식들

최후의 만찬 - 문어 요리와 와인

그리고 늘

여행의 벗이 되어 주었던

드로잉

벨렝탑 입장을 기다리며

그날의 장면들은

그림처럼

기억으로 남아

메마른 일상을 위로한다.

그래, 포르투갈에 다녀오기를 잘했다.

당신에게도

그러한 순간이 있기를 바란다.